novum premium

Sofia Simon

Öffnung für das Bewusstsein

novum premium

Bibliografische Information
der Deutschen Nationalbibliothek:

Die Deutsche Nationalbibliothek
verzeichnet diese Publikation in
der Deutschen Nationalbibliografie.
Detaillierte bibliografische Daten
sind im Internet über
http://www.d-nb.de abrufbar.

ISBN 978-3-903861-26-8
Lektorat: Dr. Annette Debold
Umschlagfotos: Seamartini,
Evgenyatamanenko | Dreamstime.com
Umschlaggestaltung, Layout & Satz:
novum Verlag

Gedruckt in der Europäischen Union
auf umweltfreundlichem, chlor- und
säurefrei gebleichtem Papier.

www.novumverlag.com

Inhaltsverzeichnis

1. Durch den Nebel

Bewusstsein – die Zukunft der Menschheit hängt davon ab Einführung

Bewusstsein ist heute wichtiger denn je. Wir können unsere menschliche Existenz durch Denken rechtfertigen. Nicht nur durch einfaches Denken, sondern durch bewusstes Denken. Das macht uns zu einem intelligenten Wesen. Deshalb empfehle ich dieses Buch allen Wesen. Sein oder Nichtsein ist die Frage hier. Wer denken kann, kann aufwachen.

Wir können eine enge Beziehung zur Geisterwelt und zu Gott haben. Wenn wir Gott suchen, müssen wir in uns selbst suchen, das Gute ist bereits in uns, wir müssen zulassen, dass das Gute über unser Ego herrscht. Das Ego ist lauter, aber lassen Sie uns schweigen, und dann werden wir unser ruhiges Selbst hören. Gut, wir müssen nicht verdienen. In jedem Menschen, der das Gute lebt, muss man an sein Inneres glauben und ihm vertrauen, dass man göttlich ist. Sie wissen nicht, was für Sie am besten ist, Gott weiß es. Vertrauen Sie sich selbst, Ihr Inneres kennt immer die Antwort, Sie erhalten die Antwort auf alle Ihre Fragen, wenn Sie nachts schlafen, und tagsüber tauchen die Antworten in Form von Gedanken auf. Versuchen Sie nicht, alles auf einmal erleben, weil es zu viel sein könnte. Das Ego wird sich verloren fühlen, wenn Sie beginnen, sich spirituell zu entwickeln. Das Ego wird dagegen kämpfen.

Sei geduldig mit dir selbst.

Du kannst immer himmlische Hilfe bekommen, wenn du fragst. Frag, selbst wenn du traurig bist, frag, selbst wenn du etwas Neues lernen willst, es wird dir helfen, deine Chakren und deinen spirituellen Körper für das Göttliche zu öffnen. Sei offen für das Spirituelle. Seien Sie bereit für Veränderungen. Dein Leben kann sich ändern, deine Einstellung kann sich ändern, wenn du Fortschritte machst. Deine Freunde und Verwandten, deine unmittelbare Umgebung wird die Veränderung in Ihnen bemerken. Laß dich nicht unsicher werden. Bitte dich in Zeiten der Unsicherheit um Hilfe. Sie können jetzt um Hilfe bitten. Sie sind nie müde, dir zu Verfügung zu stehen. Unsere Engel und spirituellen Helfer können überall präsent sein, auch in den bizarrsten Situationen. Du akzeptierst dich, so wie du bist, und so bist du. Essbarkeit, um weiterzumachen. Angst zu blockieren ist in unseren Fällen die stärkste und wichtigste. Angst ist das, was dich von der spirituellen Welt wegbewegt. Hab keine Angst, sei mit Liebe und Barmherzigkeit dir selbst und anderen gegenüber. Wenn wir mit der geistigen Welt vereint sind, wird es Abschied von unseren Lieben geben, aber einen vorübergehenden Abschied, als ob Sie in eine andere Stadt gehen würden, denn genau das passiert. Nicht weit sind wir weggezogen. Ich möchte auch, dass jeder auf der Erde Liebe zu anderen Menschen hat. Jeder ist ein spirituelles Geschwister. Helfen Sie den Gefallenen und Ihnen, streben Sie danach, unabhängig zu werden. Sie müssen niemanden unterstützen. Jeder kann unabhängig werden. Ein wichtiger Teil von Gottes Plan. Als ich hierherkam, sah ich Patienten, deren Ich mit Lichtenergie geheilt wurde, im Energietransfer, auch bekannt als Psychologie. Der wahre Grund für meinen Fleiß war, dass ich meine Familie treffen wollte, um zu sehen, was sie tat. Das heißt, meine Bemühungen waren nicht selbstlos.

Während unsere Entwicklung verändert sich unsere Persönlichkeit. Wir können wählen, welchen Weg wir gehen. Eine egoistische und wütende Person leidet sich, Veränderung ist notwendig. Akzeptiere die Hilfe von Spirituelle Wesen. Immer werden Sie Ihnen eine Nachricht senden, jeder, der uns beobachtet. Es ist die Aufgabe des spirituellen Wesens, unsere Nachrichten zu senden, und dann kann es wählen, ob es es tun möchte oder nicht. Wenn du die Welt verlässt, bevor du deine Aufgabe getan hast, musst du zur Erde zurückkehren, und es wird schwieriger sein, das zu tun, was du tun musst. Sie helfen dir, sie erleichtern deinen Leben. Dieser Übergang bringt jeden dazu, sich zu ändern. Bitte sie um Hilfe. Spirituelle Wesen antworten immer, bitte schreib deine Gedanken auf.

Antworten kommen von Gott, in Form von Ideen, Gedanken und durch Visionen. Wir zeigen Ihnen jetzt etwas, um mit den Problemen derer umzugehen, die körperliche oder geistige Bestrafung begehen oder anderen Schaden zufügen. Diese Fälle können nur auf eine Weise effektiv behandelt werden. Bestrafung ist nicht der beste Weg, um damit umzugehen, sondern vielmehr schlug ich vor, mit Liebe zu behandeln, wie wir es in der Geisterwelt tun, nachdem Sie hier angekommen sind. Ihre verletzten Mitmenschen. Dies ist der einzige Weg, eine bessere Welt zu haben, eine große Veränderung. Wir werden Ihnen helfen, wenn Sie uns zuhören. Es ist Zeit, sich in jedem Land, das nicht buchstäblich krank ist, um diese Patienten zu kümmern. Die Behandlung selbst ist gemeinnützig. Sie besteht aus Sedierung. Auch hier sollte die Sedierung nicht einfach so erfolgen, sondern ein Elixier ist herzustellen, das eine milde beruhigende Wirkung hat, aber keine schädlichen Halluzinationen verursacht. Lernen Sie Psychologie und Psychologie, weil es für sie wesentlich ist, und fügen Sie dem Elixier die Energie der Energie hinzu. Ja, arbeiten Sie mit Energien, das heißt, spirituelle Entwicklung ist für diese Art von Medizin unerlässlich. Es ist Zeit, diesen Schritt zu tun.

In diesen speziellen Krankenhäusern sollte es spirituelle Lehren geben, die umfassend zeigen, wer wir sind und woher wir kommen, wohin wir gehen. Was ist die Ursache der Konsequenzen und das Gesetz der Liebe? Wie entwickelt man sich in Jesus?

Bestrafung und Gewalt werden nirgendwohin führen, ebenso wenig wie die Unterdrückung Ihrer Mitmenschen.

Wir haben geeignete Orte für diesen Zweck, an denen sie hergestellt werden.

Zusammen wird diese gemeinsame Entwicklung Sie, Ihren Planeten auf eine höhere Ebene bringen. Dies ist die Gesundheitsversorgung. Kommen wir nun zu den Bildungssystemen.

In einigen Ländern ist die Situation kritisch, wo es keine ultimative Kritik gibt. Mädchen und Frauen müssen auch lernen: Sie sind wie ihre Altersgenossen als Männer, es gibt keinen Unterschied in Gott.

In einigen Ländern beginnt die Bildung zu scheitern, es ist ein Entwicklungsprozess, das Alte wird ruiniert und durch Neues ersetzt. In der Bildung ist Ehrlichkeit wichtig, um die Lücken zu schließen. Wo es keine Ehrlichkeit und viel Mangel in der Bildung gibt, diese Dinge verursachen Dunkelheit, Einschränkungen und Verwirrung. Die Entwicklung der Menschen ist wichtig für die Bildung. Ändern Sie, schließen Sie die spirituelle Entwicklung in die Bildung, die Geisteswissenschaft ein, und ändern Sie Ihre Glaubenssysteme, auch diese sind wichtig für die Orbitalentwicklung, -veränderung. Sie werden fortschreiten, und sie alle brauchen Veränderung für die weitere Entwicklung, für das weitere Verständnis. Gewalt erzeugt Gewalt. In Schulen muss man über Frieden, über Gemeindearbeit und Liebe unterrichten. Und über vieles mehr, wovon man weiß, dass es bereits veraltet ist, und Sie auch wissen, wo die Lücken sind.

2. Suchen

Wenn Sie die göttliche Ebene erreichen, wird Ihr Wille eins mit dem Göttlichen sein, Ihr Wunsch wird eins mit ihm sein. Dann wird das Wissen in Ihnen für Sie leicht verfügbar sein. Sei ein Beobachter, ein stiller Beobachter von Dingen, Gedanken, Gefühlen. Achte auf dein inneres Selbst, dein inneres wahres Selbst. Am Anfang wird es schwierig sein, sich zu konzentrieren, aber später beim Üben wird es immer besser in Ihrem Leben funktionieren. Wenn ein Gedanke oder ein Gefühl kommt, sollte man darauf aufpassen weil es wichtig sein könnte. Die Leute reden oft mit sich selbst, merken aber nicht, dass alles in ihren Köpfen passiert. Sei ruhig und höre nach innen, was deine wahre göttliche Realität ist. Du wirst es tief fühlen, ob es richtig ist oder nicht. Erkenne in dir selbst, dass du es bist und nicht das, was du bisher aufgrund physischer Dinge von dir gedacht hast. Die Fülle des Lebens, die wahre Fülle ist in dir. Es ist ein Teil Gottes in dir, das Licht, das vom Licht kam und zum Licht zurückkehrt. In dir steckt wahre Liebe. Jeder hat sie, auch wenn er es nicht weiß und auch wenn er sich nicht benimmt. Der Grund dafür ist, dass sich die Menschen nicht so verhalten, wie sie wirklich sind, weil sie nicht wissen, wer sie wirklich sind. Und wenn Sie das innere Selbst finden, nach dem Sie sich immer gesehnt haben, dann wird unendlicher Frieden aus Ihnen herausfließen.

Behalten Sie diesen Zustand so oft und in so vielen Situationen in Ihrem Leben bei. Die erreichten Dinge werden dich glücklich machen, es wird niemanden sonst glücklich machen. Ich habe mein ganzes Leben lang gesucht, wie ich in diesen Zustand komme. Ich suchte auf verschiedene Arten, Konfessionen, Kirchen, Meditationen und Bücher. Ich befand mich in sehr schwierigen Lebenssituationen, auch finanziell und gesundheitlich, und diese Erfahrungen führten mich dazu, tiefer zu schauen. Mir wurde gesagt, ich solle einen Moment Meditation machen aber wie? Viele Leute sagen, dass sie keine Zeit haben, das ist mir auch passiert. Sie können es Überall und jederzeit anfangen. Konzentrieren Sie sich einfach auf das Innere. Ich wollte bewusstes Träumen üben, und ich muss mich darauf konzentrieren.

In einem Traum, der sich mir durch Meditation öffnete, sah ich ihn.

Ein Boot schwamm in einem Meer, und in dem Boot saß mein Sohn neben mir. Es gab jemanden bei uns, der die Reise leitete und uns sagte, wir würden auf eine Insel gehen und wir würden bald ankommen. Ich fragte, wer dort lebte, und sagte, sie seien wie wir. Ich war neugierig Als wir ankamen, war das Wasser am Ufer wunderschön hellblau und der Sand weiß.

Ich konnte Palmen sehen, aber die Menschen noch nicht, und ich dachte, die Insel sei unbewohnt. Dass ich in ein paar Minuten zurück sein würde. Ich sah mich nur am Strand um. Dann befand ich mich plötzlich unter den Menschen, in einem unbedeckten Raum, es war nur die Spitze.

Diese Leute sahen genauso aus wie wir, ich sah nur deutlich ihre Aura, was ich seltsam fand ... ich sah sie ganz klar. Nimm meine Aufmerksamkeit von dort. Ich erkannte mich in ihnen und in ihnen selbst.

Ich hörte und fühlte gleichzeitig ihre Gedanken und mich selbst, dass es eine tiefe Liebe zwischen uns gibt, Freundschaft, aber die tiefste Freundschaft, die ich jemals hier gefunden habe. Ich fühlte eine tiefe Verbindung mit ihnen und auch mit mir, viel tiefer, als ich ausdrücken kann.

Ich hatte das Gefühl, dass wir nicht getrennt sind, wir sind eins. Ich fühlte mich zu Hause für mich, und jeder liebte mich. Ich fragte sie, woher sie kamen, und sie sagten, die meisten von ihnen aus den nordischen Ländern, Finnland, Norwegen, Lettland usw.

Ich habe diesen Traum nicht sofort aufgeschrieben, weil ich so tief betroffen war und ihn nicht in Worte fassen konnte, nicht einmal für mich selbst, nicht einmal in Gedanken.

Ich bat um bewusstes Träumen, weil ich monatelang mehr als 10 bis 11 Stunden nachts geschlafen hatte und wissen wollte, warum, wo ich in meinem Traum war und wen ich traf. Ich hatte das Gefühl, an einem Ort zu sein, von dem es schwierig war, zurückzukommen.

Ich weiß nicht, welche Welt oder welche Dimension, aber ich fühlte mich dort viel besser.

In einem anderen Traum traf ich auch jemanden, er trug ein goldenes Kleid, und diese Kreatur war sehr hell. Sie sprach mit mir, aber leider kann ich mich nicht erinnern, was sie gesagt hat, dafür müsste ich noch tiefer gehen. Ich kann nicht einmal sagen, ob sie ein Mann oder eine Frau war oder vielleicht keins von beidem.

Meine spirituelle Entwicklung wird so lange fortgesetzt, wie ich hier lebe und auch nachdem ich hier abgereist bin. Jeder muss sich spirituell entwickeln, wir sind hier, um zu lernen, uns durch unser wahres Selbst mit den höheren Dimensionen zu identifizieren oder selbst in höheren Dimensionen zu sein. In diesem Körper.

Aus den höheren Dimensionen

Unsere Engel und spirituellen Helfer sind immer bei uns, lieben uns, führen, beschützen und versuchen, uns hereinzulassen. Wenn Sie bewusster werden, steigt Ihr Schwingungsniveau. Ihre Schwingung beeinflusst also die Schwingung der Erde und die Schwingungen anderer. Wenn Sie mit einer höheren Schwingung leben, helfen Sie auch der Entwicklung Ihrer anderen Mitmenschen. Sie und die Planeten und andere Wesen von anderen Planeten interagieren alle miteinander. Sie werden voneinander beeinflusst und von vielen anderen Planeten unterstützt, um Fortschritte zu erzielen.

Wir müssen einen Reinigungsprozess durchlaufen, bis unser Geist in unserem endgültigen Zustand gereinigt ist und wir in den himmlischen Vater eintreten können, von wo wir gekommen sind. Es gibt verschiedene Ebenen, nach unserem Wissen erreichen wir einen Ort gemäß unserem Glaubenssystem, und dort lernen und entwickeln wir uns weiter. Wenn Sie nicht an etwas glauben, können Sie es nicht akzeptieren, Sie können sich nicht mit dieser Ebene identifizieren, und Sie können sie nicht betreten. Das Universum ist nicht so kompliziert, wie wir glauben, da es auf einfachen Gesetzen basiert. Das grundlegendste Gesetz ist die Liebe. Die spirituellen Dimensionen nähern sich den Menschen und helfen ihnen, Fortschritte zu machen. Um verständlicher zu sein, haben sie das andere gesucht und gesucht. Dimensionen mit Mensch. Mentale Dimensionen wie unsere verstorbenen Verwandten, Freunde, die wir vielleicht vergessen haben, helfen uns in unserem Leben, unerwartet aus Schwierigkeiten herauszukommen, oder auf andere Weise in manchen Situationen. Bei der Arbeit mit Engeln können sie kaum getrennt werden, weil sie zusammenarbeiten. Wenn plötzlich Wärme fließt, oder Sie denken an einen Freund oder Verwandten, der bereits verstorben ist, dann möchten sie sich mit Ihnen in Verbindung setzen, um etwas zu melden. Auf die Frage, worauf zu achten ist, schreiben Sie was? Jeder kann ein Medium sein, kann es lernen, erreicht ein anderes Niveau als jeder andere, solange er bereit ist, Zeit und Energie in das Lernen und Üben zu investieren. Sie können aus Büchern und von anderen lernen, aber natürlich müssen Sie dafür arbeiten. Sie können sich bei wichtigen Entscheidungen in Ihrem Leben beraten lassen. Zuerst müssen Sie glauben, dass Sie dazu in der Lage sind. Wenn Sie immer sagen, dass es bei Ihnen nicht funktioniert, schließen Sie sich selbst. Ich möchte alle wissen lassen, dass es ein Leben nach dem Tod gibt, sogar das Ende dieses Lebens, aber ein neues. Es ist sehr wichtig, in diesem Sinne zu leben, da es einfacher ist, Tod und Leben nach dem Tod zu akzeptieren. Durch den Tod legen wir unseren gegenwärtigen physischen Körper nieder und bewegen uns in eine andere Dimension, um zur ultimativen Perfektion überzugehen.

Sie sind besorgt über Freunde und Verwandte, die hier zurückgelassen werden. Sie möchten die Botschaft vermitteln, dass es ihnen gut geht und sie ein Leben nach dem Tod haben und wie sehr sie sie lieben oder sich für etwas entschuldigen. Ich habe auch erfahren, dass Geister eifersüchtig sein können, wenn sie sich auf einer noch niedrigeren Ebene befinden. Dies in ihrer Entwicklung verwandelt sie in Verständnis und verschwindet.

Wenn Sie eine Transformation wollen, besser hier auf der Erde, werden Sie die Transformation zuerst mit sich selbst beginnen. Jeder kann sich nur selbst formen, sich verbessern. Auf diese Weise kann unser Planet auf eine höhere Ebene, in eine höhere Dimension aufsteigen, wenn wir uns auf eine höhere Ebene erheben. Wir leben hier. Höhere Ordnungsänderungen verschlingen immer mehr Menschen und schaffen noch mehr Transformationen. Diese spirituelle Entwicklung können wir nur gemeinsam durchführen. Wir alle kommen von einem Ort und kehren an einen Ort zurück. Wir sind alle als Brüder und Freunde verbunden.

Was wir jetzt von der Realität halten, ist nur eine Illusion. Wir leben in einer Welt der Illusion, sie schafft das Problem, und wir erschaffen Dinge, da die Illusion einen Moment da ist und dann nicht. Die Illusion ist Reichtum und Armut. Sie können es im nächsten Moment verlieren und umgekehrt, es ist nicht in einem Moment da, und dann wird es später wieder da sein. Eine Illusion ist auch das, was wir sehen, was wir sehen wollen.

Wir sehen die Geisterwelt nicht, weil wir sie aus Angst oder etwas anderem nicht sehen wollen. Als wir Kinder waren, haben wir Engel und andere Wesen gesehen und mit ihnen gesprochen. Jedes Kind hat diese Fähigkeit aus dem einen oder anderen Grund. Vielleicht, weil deine Eltern gesagt haben, dass dort nichts ist oder dass du nicht mit dir selbst sprechen sollst. Diese Fähigkeiten können alle zurückgebracht werden. Vielleicht hast du sie nicht einmal vollständig in dir beseitigt. Ich habe nicht gesagt, dass du auf die Straße gehen und mit dir selbst reden sollst oder Freude verbreiten, weil du etwas in deinem Kopf hörst. Lass dich immer von der Liebe leiten. Ich habe in meinem Leben gesehen, dass viele Menschen Erfahrungen gemacht haben, als spirituelle Helfer oder Engel sich mit ihnen verbinden, ihnen eine Botschaft oder Anleitung geben wollten.

3. Zu Finden

Für Ihre spirituelle Entwicklung müssen Sie Ihren eigenen Weg finden. Aber wenn Sie in höheren Perspektiven voranschreiten, erreichen alle Ihre Fähigkeiten noch höhere Grade. Und bisher unbekannte Fähigkeiten tauchen auf. Ich habe nicht das Gefühl, dass ich dort angekommen bin, wo ich wirklich hinmöchte, aber ich teile es mit anderen. Meine Geschichte hat sich auch sehr verändert, und meine Einstellung zu Leben, Arbeit, ja zum ganzen Leben überhaupt hat sich sehr verändert und ändert sich immer noch. Auf jeden Fall bringt sie positive Veränderungen mit sich. Sie werden wahrnehmen und mit mir auf diesen Weg kommen und gemeinsam lernen. Sie werden auch die Veränderung in sich selbst und um Sie herum spüren, wenn Sie sich dem Geistigen, dem Himmel öffnen. Ich bin immer offen dafür, allen zu sagen, was ich gerade lerne und wo ich bin, was, wie du denkst und was ich erlebe. Ich denke, jeder einzelne Mensch sollte lernen und spirituell offen werden, egal aus welchem Land du kommst und egal wie deine Existenz ist. Jeder ist gekommen, um sich spirituell auf diesem Planeten zu entwickeln, und das Hauptziel für alle ist es, zu Gott zurückzukehren. Wir haben Raum für Verbesserungen.

Unsere gemeinsame Aufgabe ist es, einander zu lieben und zu helfen. Mein Ziel war es, ein konstruktives Buch zu schreiben, aber ich wurde nicht von mir selbst inspiriert, sondern von denen, die mit mir sprechen und ihre Botschaften durch Gedanken vermitteln.

Dieser Leitfaden ist auch gut für diejenigen, die noch nicht wissen, wo sie auf dem Weg zur spirituellen Entwicklung beginnen sollen, aber ebenso für diejenigen, die bereits viele Bücher gelesen haben und in Kursen unterrichtet wurden, sich aber noch nicht vollständig angekommen fühlen.

Ich schreibe meine eigenen Erfahrungen auf, beschreibe auch Details meiner Lebensreise, weil diese Dinge passieren oder anderen passieren können.

Ich lernte und lerne immer noch, wie man mit Engeln und spirituellen Helfern kommuniziert. Ich habe mich immer gefragt, wie es war, wenn ich meine Gedanken beschrieb und was ich von ihnen höre oder bekomme. Als ich 17 war, wollten sie, dass ich schreibe; ich fing an, aber ich hatte Angst, oder meine Eltern haben mich erschreckt, weil sie nicht verstanden haben, was mit mir los war und ich mich eingeschlossen habe. Diese Fähigkeit endete nie vollständig, aber es machte mein Leben schwieriger, dass ich mich nicht damit befasste und mich nicht verbesserte. Es war schwer, mich wieder zu öffnen, nur eine bestimmte Person, die starb, öffnete mich vollständig.

Als mir bewusst wurde, warum ich mich immer nicht in einer realen Welt, sondern in einer Illusion fühle, wurde mir klar, dass hier auf dieser Welt nichts real ist. Alles, was passiert und was wir sehen, fühlen wir, ist keine Realität. Wir beeinflussen auch das Leben und die Persönlichkeit des anderen, weil wir alle zusammengehören. Wenn dies offensichtlich wird und Sie ein Gefühl der Zugehörigkeit verspüren, verstehen Sie dessen Bedeutung, den Wert von Liebe und Zugehörigkeit, und wenn Sie sich dessen bewusst werden, müssen Sie sich keine Sorgen machen, und Sie werden sich auch nicht in diesen unwahren Dingen erleben.

Beachten Sie, dass Ihre Einstellung Dinge in Ihrem Leben beeinflussen kann oder nicht. Ob Sie es glauben oder nicht, es ist so. Du willst nicht mit unwahren Dingen oder Brüchen leben, was auch immer, du kannst sehen, was dahintersteckt. Weil es nicht real ist, sondern eine Illusion, also plastisch, das heißt, es kann geformt werden. Wie Sie wollen. Sie werden mit der Tatsache aufwachen, dass alles gespielt und nicht real ist, und dann werden Sie erkennen, dass Sie über nichts nervös sein müssen, weil hier nichts real ist. Einfach alles ist in Ihrem Kopf. Wenn Sie in einer ruhigen Umgebung oder zu Hause allein sind und über sich selbst meditieren, sich selbst betrachten und sich tief und tief auf sich selbst konzentrieren können, können Sie erkennen, dass dies wahr ist. Auf diese Weise können Sie herausfinden, ob es wahr ist: Sie können meditieren, und wenn Sie Ihr Gehirn kenne, können Sie sogar wechseln, wenn Sie sich an einem geschäftigen Ort befinden und Verwirrung herrscht. Sie müssen nur auf den Moment achten, in dem Sie sich befinden, auf diesen einen Punkt, auf die Gegenwart. Dann achten Sie nicht auf die Fragen oder Gedanken, die sich in Ihrem Kopf gebildet haben. Konzentrieren Sie Ihre Aufmerksamkeit auf Ihr Inneres, und bleiben Sie in der Gegenwart. Wenn du das Gefühl hast, dass du dich beruhigt hast und nur in der Gegenwart bist, in der Gegenwart, und dich nicht mit den Dingen um dich herum beschäftigst und nicht auf die Dinge achtest, die auf dich zukommen, was solltest du dann als Nächstes tun? Der Himmel wartet immer, badet in Stille in dieser Harmonie. Fragen Sie nach der Weisheit tief in Ihnen über alles, weil Sie alles in sich selbst wissen. Sie brauchen keinen externen Führer, Sie können den Meister und den Weisen in sich selbst finden. Sie können Ihnen nur die Richtung zeigen, dass du Führer und Lehrer brauchst; doch du brauchst Anleitung, aber keine Führung. Du musst dich selbst finden und dich auf dem Weg bewegen, und es ist nicht gut, andere nach deinem eigenen Weg zu fragen. Du wirst dich selbst kennen, wenn du dich hinsetzt, um zu meditieren, zu beten, Yoga zu machen, und dann werden Sie auch keine Fragen haben, nur die Dinge werden von selbst kommen. Die Frage kommt: Was ist Ihr Lebenszweck, und was ist Ihre Aufgabe, wohin gehen Sie? Sie können wählen, ob Sie auf der Erde, in der physischen Realität, oder als Geist in der geistigen Welt geboren und entwickelt werden möchten, damit Sie dort bleiben und sich dort entwickeln und zu den höheren Dimensionen, zu Ihrer vollen Realität und zur Rückkehr zu Gott gelangen.

Ein berühmter Künstler sagte mir:

„Ich bin in erster Linie ein Künstler, aber jetzt ist mein Job anders. Das bedeutet nicht, dass ich gerade nicht singe."

Jeder hier ist anders oder was ihm am nächsten ist. Wir erkennen, was wir anders hätten tun können, und wir möchten die Fehler beheben. Sie können es dort in Ihrem Leben tun. Besser in diesem Leben, aber es ist nie zu spät für Veränderungen und Veränderungen. Aber sagen Sie nicht, dass Sie sich dort ändern werden, tun Sie es. Und jetzt, wo du jetzt bist, wirst du es nicht für Veränderungen tun, weil es schwieriger ist, es in Kraft zu setzen, aber es ist nicht unmöglich. Es ist auch schwieriger, verschobene Dinge auszugleichen, aber es ist auch nicht unmöglich. Bittet uns, bei der spirituellen Entwicklung zu helfen. Wir helfen immer gerne.

Es gibt eine Ursache für Krankheit und Leiden. Aber sie richten sich nicht nach Gottes Willen. Es handelt sich um eine Sache nach dem Gesetz der Ursache oder etwas anderem. Ungehorsam, Wut und Selbstsucht haben auch Konsequenzen für die Gesundheit. Wir erledigen unsere Aufgabe, und auf die Art und Weise, wie wir sie vor unserer Geburt erledigt haben. Es mag jetzt so klingen, und Sie würden das sofort sagen, aber Sie erinnern sich nicht daran, was Sie getan haben. Meditation kann es in Ihnen offenbaren, Sie befinden sich auf Ihrem Weg, Sie müssen ihn nur finden. Wir übernehmen Rollen, in Familien und Gesellschaften, in Ländern, für unsere Entwicklung. Einige werden im selben Land geboren, andere fragen nach einem anderen. Hier wird alles entschieden, und wenn es akzeptiert wird, kann es sein. Es erfordert eine genaue Planung und verläuft oft nicht so, wie wir es geplant haben. Wenn wir das Gefühl haben, nicht auf dem Weg zu sein, läuft nichts so, wie wir es wollen. Dann müssen wir uns ändern. Die Welt ändert sich auf diese Weise, mit uns; weil wir zusammengehören, können wir uns nur zusammen ändern.

Es ist Zeit für Veränderungen, wir fordern die Menschheit auf, jeden Einzelnen zu verändern. So wachsen und entwickeln wir uns in der Gemeinschaft, in der wir von Anfang an zusammen sind. Eine auf Bestrafung basierende Gesellschaft kann sich nicht entwickeln, sie muss sich ändern. Es geht nicht darum, Sünder zu bestrafen, sondern zu heilen und Fehler zu korrigieren.

Menschen schuldig zu machen und zu bestrafen ist Sünde selbst. Wir wollen keine Gesellschaft, die auf dem Urteil auf der Erde basiert.

Wir wollen langsam dazu führen, dass die Existenz der Erde und unsere Welt auf einer Ebene und in einem Glanz, einer Dimension, sind. Wie am Anfang. Selbst die Machthaber wollen

Ihre Systeme kontrollieren. Es macht keinen Sinn und führt nirgendwo hin, Unterdrückung immer. Es schafft niedrige Ebenen. Es behindert die Entwicklung. Lassen Sie keine Unterdrückung zu, wir beten für Sie. Diejenigen, die Botschaften an Menschen weitergeben können, spielen eine wichtige Rolle.

Was ich von den Leuten hier bekomme, ist nicht leicht zu ertragen, sie folgen, sie sehen zu usw. Sie tun gefährliche Dinge gegen mich, manchmal fühle ich mich dadurch in Gefahr. Niemand versteht, nur diejenigen, die dasselbe durchmachen. Ich habe Freunde, die jetzt in eine Situation gezwungen wurden. Sie arbeiten als Privatdetektive für Geheimdienste, aber sie tun es nicht aus freiem Willen, sondern unter Zwang, weil sie keine Wahl haben. Sie wollten es mit mir machen, sie brachen in meine Wohnung ein und ruinierten alles, sie folgten mir und beobachteten mich. Ich habe nichts getan, also ist es nicht verständlich. Sie haben alles ruiniert, wenn sie nicht für sie arbeiten wollten. Wir müssen wissen, was sie mit Menschen machen. Das kann jedem passieren. Sie achten darauf, Sie haben keine Privatsphäre.

Diese Geister und Engel verstehen und helfen Ihnen, die Nöte in der Welt zu ertragen, wenn Sie fragen, sie können Ihnen helfen.

Sie können immer nach ihnen fragen, wenn wir Hilfe brauchen. Sie sind nie müde, uns zu Hilfe zu eilen.

Sie können auch eine persönliche Beziehung zu Ihren Engeln und Helfern aufbauen. Sie können sie täglich um Hilfe bitten, oder Sie sprechen einfach in Gedanken mit ihnen, nicht laut. Engel sprechen mit allen, Sie können sie einfach nicht aus Angst hören. Sie haben das Gefühl, dass immer jemand bei Ihnen ist, oder haben Sie das Gefühl, einen verstorbenen Verwandten, einen Freund in Ihrer Nähe zu haben, die Ihnen in Ihrem Leben helfen? Haben Sie das Gefühl, dass jemand Sie sanft streichelt? Unsere Engel und Helfer möchten mit uns kommunizieren und unserem täglichen Leben helfen, uns auf den richtigen Weg führen.

Dein wahres Selbst zu erreichen wird sein, wenn du in der Gegenwart sein kannst; und wenn du dich selbst betrachtest, wirst du sehen, dass alles in dir ist. Sei einfach in der Gegenwart, in der Gegenwart. Meditiere im Moment. Einfach wo du bist.

Es kann ein langer Prozess sein, aber es kann auch Teil eines Augenblicks sein, es liegt an Ihnen.

Sie werden feststellen, dass Sie nicht aus externen Quellen glücklich werden können, ich meine Erfolg oder den Kauf teurer Dinge für sich selbst oder die Erwartung, dass jemand Sie liebt usw. Sie werden dieses tiefe und dauerhafte Glück nicht spüren, und Sie werden es nicht behalten können. Wie geht es dann? Verstehe einfach, du hast bereits alles in dir, Glück, Liebe und alles, was du brauchst, was du bekommen kannst, weil du dazu berechtigt bist. Einer nach dem anderen.

Jeder kann alles erreichen. Du musst nur an Gott und dich selbst glauben. Ich hatte meine eigene Erfahrung in meinem Leben, als ich alles kaufen konnte, was ich wollte, und ich konnte reisen, wohin ich wollte, und ich hatte alles, was ich brauchte und auch was ich nicht brauchte, aber ich hatte Leere und Unglück. Ich hatte das Gefühl. Gott möchte, dass wir nicht nur physisch, sondern auch spirituell sind. Das Geheimnis ist, kreativ und offen für Neues zu sein.

Und vor allem, vertraue auf Gott, glaube an Gott und vertraue darauf, dass du alles bekommst, was du brauchst. Wagen Sie es, im Gebet mit ihm zu sprechen, bitten Sie ihn nicht, seien Sie einfach dankbar, zuzuhören und auf Ihre Anbetung, Ihre Bitte und Ihr Vertrauen in Gottes Wege zu antworten. Sie werden wahrscheinlich nicht auf diese Weise antworten. Er liebt die Art und Weise, wie Sie es erwarten, also erwarten Sie nicht, wie er sein soll, und sagen Sie ihm nicht, was er tun soll. Fragen Sie einfach, und glauben Sie, dass Spirituelle Wesen Antworten geben werden. Wenn Sie diese Art von Veränderung durchlaufen, werden Bekannte, Verwandte und andere Menschen kommen und versuchen, sich zu verwickeln, lenke vom Weg ab, aber kümmere dich nicht darum, was sie sagen, mach einfach weiter, und glaube es!

Das Ego spricht von denen, die Angst haben, Ihr eigenes Ego spricht auch zu Ihnen. In diesem Fall hören Sie einfach nach innen, und die Stimme verschwindet im Nichts. Das andere, was wir tun können, ist, es Gott zu geben und sie zu bitten, diese Gedanken, Gefühle in Liebe umzuwandeln.

Haben Sie sich jemals von der Mentalität dieser Welt erschreckt gefühlt? Unangenehm und traurig oder in bestimmten Situationen oder dadurch, wie Menschen miteinander umgehen? Es ist Zeit, darüber nachzudenken, warum dies so ist, warum Sie das Gefühl haben, nicht hierherzugehören. Es fehlt Ihnen?

Vielleicht vermissen Sie es? Das Gefühl der selbstlosen Liebe, und hast du das Gefühl, dass du in eine andere Welt gegangen bist? Du kannst dich hier und jetzt mit dieser Welt vereinen. Du musst nicht warten, bis du stirbst. Der Tod kann die Fortsetzung der Harmonie sein, die hier mit den höheren Dimensionen erreicht wird. Die Einheit mit den höheren Dimensionen befand sich hier auf der Erde, bevor das Energieniveau auf das physikalische, materielle Niveau fiel.

Das universelle Ziel ist es, diese Einheit auf globaler Ebene zu erreichen und aufrechtzuerhalten. Sie können auf einem hohen Energieniveau leben, auch wenn Sie finanziell reich sind. Es ist nicht unbedingt so, dass dies nicht möglich ist. Ich sage immer, glauben Sie an das, was Sie können. Wenn Sie daran glauben, können dass Sie alles finanziell bekommen, Sie werden es bekommen, natürlich müssen Sie es tun, Sie müssen dafür arbeiten. Sie werden nicht auf traditionelle Weise reich. Sie glauben, dass Sie morgens aufstehen und zur Arbeit gehen, für ein Unternehmen oder irgendwo arbeiten, aber Sie arbeiten nicht für sich. Doch wenn Sie das Unternehmen eines anderen aufbauen und glauben, dass Sie finanzielle Unabhängigkeit erlangen, verschwenden Sie nur Ihre Zeit. Bis Sie sehen, dass die Arbeit für einen anderen keine finanzielle Unabhängigkeit bringt, selbst wenn Ihre Konten nicht ausreichen, sollten Sie sich ändern in Ihrer Einstellung, und suchen Sie nach etwas, das Sie weiterbringt. Wenn Sie sich immer darauf konzentrieren, das Unternehmen eines anderen zu entwickeln und das Beste zu geben – Sie arbeiten nur den ganzen Tag und haben bloß 20 bis 30 Tage im Jahr frei –, können Sie sich nicht entwickeln, Sie sind behindert. Dies lehrt die Menschen, dass dies ein sicherer Lebensunterhalt ist, sie machen Roboter aus ihnen, und du wirst für den Rest deines Lebens robotisiert. Ich sage, dass es für die spirituelle Entwicklung auch so ist. Es geht darum, Dinge zu erkennen und Veränderungen in allen Bereichen vorzunehmen. Das Erreichen der finanziellen Unabhängigkeit bringt viele neue Dinge mit sich. Sie haben mehr Zeit für sich selbst, andere und Ihre Lieben. Sie können mehr Zeit mit ihnen verbringen. Es wird auch Ihre spirituelle Entwicklung fördern, Sie werden die Energie haben, sich zu rechtfertigen, zu meditieren, zu lesen. Nehmen Sie sich mehr Zeit für sich selbst, haben Sie einen Traum und den Wunsch, mindestens 4–5 Mal im Jahr zu reisen. Haben Sie die Träume, die Sie verwirklichen möchten, in sich und um sich herum. Wer den anderen Weg wählt, ein Leben voller Entsagung und Leiden, den wird es nirgendwohin führen, und plötzlich merkt man, was man in seinem Leben aufgeschoben hat.

Wir sind hierhergekommen, um unser Leben zu leben und nicht nur zu überleben. Gott möchte, dass jeder sein Leben gleich lebt. Wer das Gegenteil behauptet von Gott, der hat ihn falsch gekannt oder kennt ihn nicht wirklich. Was Sie mit Freude und Befriedigung erfüllt, wenn Sie es tun, zeigt, Sie sind auf dem Weg, den Sie zuvor für sich selbst gewählt haben. Sie sind hierher zurückgekehrt. Sie haben beschlossen, es zu tun und Ihr Leben in Glück, Fülle und nicht nur finanziell, sondern auch geistig zu leben. Arbeiten Sie mit Ihrem Körper, weil er Ihre Seele in sich hat und auch mit Ihrer Seele umgeht. Und dann werden Sie mit allem in Harmonie sein in Ihrem Leben.

Die Nerven und falschen Lehren, die sich aus Missverständnissen ergeben, müssen aus unseren Köpfen und Glaubenssystemen entfernt werden. Besonders für Gott. Vergessen Sie die Bestrafung Gottes, der auf einem entfernten Planeten lebt und an der Macht ist. Liebe. Liebe ist nicht neidisch, nicht eifersüchtig, will sich nicht selbst nützen, schaut nicht auf andere herab, regiert nicht und bestraft vor allem nicht. Heute haben dies viele Menschen erkannt, und Veränderungen haben in den spirituellen Dimensionen begonnen. Mächtiger als je zuvor.

Ich dachte, ich würde ein Buch darüber schreiben, wie hart und brutal das Leben ist, aber ich würde lieber darüber schreiben, wie wir unser Leben hier verbessern können.

Obwohl niemand die ganze Wahrheit wissen kann, nur diejenigen, die bereits vergangen sind. Jenseits des Todes in eine andere Dimension. Aber es gibt Menschen, Medien, die diesen Ort immer noch sehen und vermitteln können. Sie könnten Sofortnachrichten an Menschen aus verschiedenen Dimensionen weitergeben. Welche Dimension wir verbinden, hängt von Ihnen und uns ab. Wir möchten, dass jeder in der Lage ist, sich mit unserer Frequenz zu verbinden, damit Sie uns leichter hören und wir in Ihrem Leben helfen können. Viele Seelen, die bereits gegangen sind, helfen Menschen, die dieses Ziel gewählt haben. Ihr ganzes Leben lang helfen und unterstützen sie, besonders wenn Sie bestimmte Aktivitäten wählen, bei denen sie gut sind und Erfahrung haben. Sie sind nicht allein in Schwierigkeiten, aber Sie fühlen sich immer noch so. Beten und meditieren Sie, und Sie werden Gott, die Engel fühlen und die Hilfe und Nähe Ihrer Helfer. Seien Sie in Ihren Herzen dankbar für Sie. Danke Gott immer für deine Vorsehung.

Die Menschen lassen sich von ihren Vorgesetzten führen, auch wenn Gott demütig und nicht menschlich sein sollte.

Dies hat natürlich immer Auswirkungen, die solche Menschen sehen werden, wenn sie sterben.

Ich würde hinzufügen, ich habe das nicht selbst geschrieben, ich musste es aufschreiben!!!

Wir werden die Menschen, die auf der Erde in Gefahr sind, immer früher nehmen, wir werden sie retten. Wir haben bereits viel mit ihnen gemacht, und wir werden dies auch weiterhin tun. Bitte vertraue auf Gott!

Zurück in die spirituelle Welt, wenn ein Geist hier festsitzt oder zurückkehrt, weil er an diesem Leben oder einer materiellen Sache festhält, dann fällt es ihm schwer, alleine zurückzukehren … Jeder dort erlebt das Leben auch anders als in dieser Dimension. Das Leben beeinflusst das nächste Leben, das Gesetz von Ursache und Wirkung.

Jeder kann zur spirituellen Entwicklung gelangen und auf den Ebenen der Dimensionen neue Ebenen erreichen. Wo Sie sich Ihre Existenz vorstellen und sich mit dem universellen Gesetz, der Liebe, identifizieren können. Dort können Sie in und mit Jesus leben. Können Sie mit der Gemeinschaft kommunizieren? In Liebe dienen, auf dem Weg der Liebe weitermachen. Neue Ansichten, Einsichten und Verständnis sind für die Entwicklung und den Fortschritt erforderlich. Was wir falsch gemacht haben, können wir korrigieren, den Fehler korrigieren und es in Zukunft anders machen. Es ist immer möglich, von vorne zu beginnen und sich selbst durch die Augen von Engeln und Gott zu sehen. Den Fehler zu erkennen und zu korrigieren ist nicht einfach. Sie können auf spiritueller Ebene helfen, Sie müssen sie nur fragen. Sie können im Gebet und in der Meditation fragen, mit Gott und den Engeln in Stille in sich selbst sprechen. Sie sind uns jetzt näher als je zuvor. Sie können Ihnen in jeder Situation helfen und Sie führen. Sie sind immer bereit, sich zu Ihrer Hilfe zu beeilen.

Es gibt Helfer und Engel, die sich uns später anschließen und unsere Helfer und Berater werden. Deshalb schreibe ich als unsere Berater, weil wir entscheiden, ob wir zuhören und ihren Rat und ihre Anleitung annehmen.

Aber wenn wir mit ihnen kommunizieren, werden wir ihnen dankbar sein, und sie werden mit uns unterwegs sein. Dies wird unser Leben leichter machen, weil wir immer wissen, dass wir auf Hilfe zählen können und nicht allein sind. Wenn wir uns an unsere Kindheit erinnern, wissen Kinder auch, dass sie nicht allein sind, sie reden oft mit Spirituelle Wesen, und spielen sie mit ihren Gefährten, trösten sie sich. Dann wird dies von vielen vergessen, aber es sollte nicht so sein. Behalten Sie diese Fähigkeit bei, und lassen Sie sie nicht bei Kindern verloren gehen. Ich spreche oft mit Kindern wie meinem Cousin und sage mir, was seine Eltern nicht sagen können. Seine Mutter wer meine Schwester, ich erzählte ihr von Engeln und Spirituelle Helfern, und nachdem sie offen geworden war, wurde ihre Beziehung zu dem kleinen besser, damit wir auch unsere Kinder besser verstehen können. Heute werden geistig sehr entwickelte Seelen geboren, und es ist auch ihre Aufgabe, ihre Fähigkeiten zu bewahren. Geben Sie Ihr Wissen über die Geisterwelt weiter. Wenn Sie Ihrem Kind genau zuhören, über alles reden, ihm glauben, was Sie sagen und nicht sagen, dass dort nichts ist usw., wenn Sie dies tun, verlieren Sie Ihre Fähigkeiten. Lassen Sie sich von ihm sagen, was es von ihm sieht, wahrnimmt und lernt. Verwenden Sie es nicht als Medium, sprechen Sie nicht mit Ihren verstorbenen Verwandten. Gehen Sie unbedingt mit solchen kleinen Kindern um, und bringen Sie ihnen bei, wie sie ihre Fähigkeiten entwickeln können. Sie erfüllen ihren Lebenszweck.

Zusammenführen von Ebenen, wie es vor ein paar Jahren war

In Gottes Augen gibt es keine rassischen Unterschiede. Denken Sie bitte in diesem Geist, und tun Sie Ihre eigenen Dinge. Sie und wir, wir alle kommen vom selben Ort und haben denselben Ort, an den wir gehen. Die Liebe zueinander ist sehr wichtig. Lernen Sie, zusammen zu leben. Verliebt und nicht urteilend. Sehen Sie der Geschwister des anderen, dass Sie alle zusammengehören. Sie sind technisch und in jedem Bereich bereits so weit fortgeschritten, aber in diesem Bereich müssen Sie sich noch weiterentwickeln und ändern. Bitte tun Sie dies einmal. Schritt: Liebt einander. Diese Botschaft ist die wichtigste, die erste und die wichtigste. Du musst nicht gegeneinander kämpfen, alles ist genug, jeder ist gleich, und alles ist genug. Sieh das. In Gottes Augen sind alle gleich, du liebst alle gleich, und er möchte, dass du so schnell wie möglich zu ihm zurückkommst. Bis dahin kannst du nicht zu mir zurückkehren. Bis Sie das richtige Niveau erreicht haben. Sie möchten in Frieden und Liebe leben. Ihr Leben könnte einfach schön sein, wenn Sie in Liebe und Gleichheit lebten. Ergreifen Sie die damit verbundenen notwendigen Schritte. Heute, heute. Tun Sie es eins nach dem anderen, tun Sie es alles, was wir Ihnen sagen; es ist nicht schwierig, die Schritte sind nicht schwierig, Sie sind bereits darauf vorbereitet. Gott bittet nie um etwas, das Sie nicht tun können. Die majestätischen Botschaften Gottes und der

Engel erreichen Sie durch die Medien. Sie können alle als Medium und Funktion dienen.

Sie sind bereit zu schreiben, um unsere Botschaft weiterzugeben. Es mag für Sie selbstverständlich sein, für die meisten Menschen jedoch nicht. Deshalb erschreckt sie alles, was wir sagen. Befolgen Sie unsere Anweisungen, um Ihre persönlichen Probleme zu beheben. Wir kennen die Antwort. Wir stehen Ihnen bei und helfen auch bei Veränderungen. Sie können unsere Präsenz spüren, indem Sie mit Ihnen durch Gedanken und Gefühle sprechen. Wir geben Ideen und Gedanken durch Ihren Kopf, die von uns kommen.

Schreiben Sie sie alle sorgfältig auf. Wir helfen Ihnen immer, fragen uns und beten besonders für Sie, weil Sie eine wichtige Rolle auf dieser Erde spielen müssen. Wir tragen Ihr Schicksal in unseren Herzen. Alte Paare finden sich wieder, die seit vielen Leben zusammen sind. Sie vereinen sich wieder. Das Gefühl war immer in Ihnen, aber Sie waren sich nicht sicher. Jetzt, wo Sie sich in dieser Form wieder getroffen hast, gab Gott es so, es war anderswo nicht möglich. Sie sind eine sehr offene Person, und Sie sind gut. Sie sind jetzt bereit für den Job. Sie haben technisch alles, damit Sie Ihren Job gut machen können. Ja, Sie wollten es wirklich immer. Weil du deinen Job machst, um hierherzukommen, bist du glücklich. Und außerdem bist du neben dem Mann, mit dem du immer zusammen sein wolltest. Trotzdem ziehen dich die Schwierigkeiten, die an dir in dieser Welt gemessen werden, oft runter. Bitten Sie öfter um unsere Hilfe, und wir werden hier sein und helfen. Fallen Sie nicht hin, sondern seien Sie ruhig, seien Sie in der Gegenwart. Die Lösung wird kommen, wenn Sie ruhig sind. Die meisten Probleme sind nicht real, nur geschaffen und Illusion. Meditiere, bete und mache Yoga, Bewegung ist dir auch wichtig, zum Beispiel schwimme. Entspanne dich und entspanne dich mehrmals.

Bitte betonen Sie nicht, dass es Ihre Beziehung zu uns stört, das ist genau ihr Ziel, aber lassen Sie es nicht zu. Wir weisen Sie immer an und geben Ratschläge, was Sie akzeptieren und tun sollen. Sie tun dies nicht nur Ihnen, jedem, der wie Sie ist, mit ihnen. Sie sagen nachdrücklich, dass wir für Ihre Hilfe da sind. Wenn wir physisch eingreifen müssen. Und wenn Sie in Gefahr sind, werden wir davonlaufen. Wir waren dort, selbst als Sie fast im Meer ertrunken waren, und in jeder Situation, in der Sie in Gefahr oder krank waren und im Krankenhaus in der Nähe des Todes. Sie waren dort, wir waren immer dort. Und wir werden immer dort sein. Jetzt sind wir mehr bei Ihnen und helfen Ihnen, Ihre Mission zu erfüllen.

Als wir Ihnen die Botschaften übermittelten, haben Sie meistens verstanden, aber nicht immer. Stellen Sie jetzt sicher, dass dies nicht geschieht. Hören Sie uns zu, und meditieren Sie jeden Tag, und beten Sie jeden Tag. Dies wird Ihnen helfen, im Geist zu sein und zu verstehen, was wir senden, damit Sie sehen können. Seien Sie als Kind kindisch, und glauben Sie, was Sie sehen und denken. Glauben Sie an Ihre Ideen und Inspirationen. Sie wurden nicht mit religiösen Dogmen infiziert, weil Sie sich von ihnen ferngehalten haben, sodass Sie leichter akzeptieren können, was wirklich ist.

Viele Menschen möchten Ihnen ihre Geschichten, ihre Botschaften, von ihren verstorbenen Verwandten, ihren Freunde erzählen, wie es wirklich ist. Wenn Sie möchten, können Sie ihnen zuhören. Es liegt an Ihnen, ob Sie für ihre Botschaften offen sind.

Sie müssen dankbar sein, dass Sie noch am Leben sind. Wir wollten Sie vor Jahren mitnehmen, weil Sie zu gut für diese Welt waren. Aber Sie haben sich entschieden, wegen Ihres Sohnes hierzubleiben. Sie haben sich entschieden, nachdem wir Ihnen gezeigt haben, dass Sie aufwachsen sehen können, wenn Sie bei ihm bleiben, aber Sie können nicht immer bei ihm sein. Er wäre eine andere Person gewesen. Weil Sie Ihren Sohn aufgenommen haben, mussten Sie so bei ihm bleiben, also war es besser. Zu viel für Sie, und Sie würden lieber gehen. Sie entscheiden, wir geben Ihnen die Möglichkeit zu entscheiden, ob Sie bleiben oder kommen. Wir wissen, dass Sie anders entscheiden werden, weil derjenige, den Sie lieben, bereits hier ist. Aber er ist immer bei Ihnen, in Gedanken und oft in der Gegenwart. Sie sehen ihn in Ihren Träumen, wenn Sie neben Ihrem Bett aufwachen, Sie fühlen ihn, wenn Sie wach sind und er Sie berührt. Wir werden Ihnen helfen, diese Beziehung mit ihm zu leben. Wir hoffen, dass Sie sehr glücklich sind.

Drücken Sie Ihre Gefühle aus, erleben Sie die Gefühle, weil sie real sind. Es wird aus dem schwer Fassbaren greifbar, vertrauen Sie ihm einfach. Wir werden vorhersagen, was passieren wird, weil Sie oft gefragt haben, was der nächste Schritt in dieser Beziehung ist. Wie unverständlich wir Sie lieben. Nach dem, was Sie von Menschen auf der Erde bekommen, können Sie es jetzt nicht einmal verstehen, Sie haben fast vergessen, wie wahre Liebe ist. Wir lieben Sie mit wahrer Liebe, so wie Sie sich immer danach gesehnt haben, aber Sie haben es hier nie. Deshalb vermissen Sie es so sehr besonders. Weil unbewusst immer in dir Bewusstsein war und die Erinnerung daran, wie es über uns war, in wahrer Liebe. Jeder setzt dieses Gefühl fort, wir verstehen nicht, warum. Wie wunderbar es wäre, wenn sich alle daran erinnern würden, wie gut es sich anfühlt, zu geben und zu empfangen. Wir möchten, dass jeder Sie mit dieser Botschaft erreicht und sich tief in Ihre Herzen schmiegt. Wird verständlich sein, dass jeder vom Schöpfer gleich geschaffen wurde und dass wir uns jetzt gleich behandeln sollten? Jeder könnte gut leben, weil es genug von allem auf der Erde gibt. Geld ist genug da, jeder könnte gut leben, um körperliches Wohlbefinden zu erreichen und auch alle Informationen für das geistige Wohlbefinden zu haben. Machen Sie sich also keine Sorgen, seien Sie nicht machtgierig, und bemühen Sie sich nicht, andere mit Füßen zu treten. Helfen Sie sich gegenseitig, alle gleich zu leben. Das bedeutet nicht, dass einer arbeiten, der andere nur seine Hand für das Geld offen halten sollte – jeder sollte dafür arbeiten. Es gibt Möglichkeiten für jeden, anders zu denken, und Sie werden Ihren Weg zum Wohlstand finden. Denn dadurch entwickelst du dich nicht geistig, suchst etwas, das Freude und Liebe bringt. Wenn Sie die göttliche Ebene erreichen, wird Ihr Wille eins mit dem Göttlichen sein, Ihr Wunsch wird eins mit ihm sein. Dann wird das Wissen in Ihnen für Sie leicht verfügbar sein. Sei ein Beobachter, ein stiller Beobachter von Dingen, Gedanken, Gefühlen. Achte auf dein inneres Selbst, dein inneres wahres Selbst. Am Anfang wird es schwierig sein, sich zu konzentrieren, aber später beim Üben wird es immer besser in Ihrem Leben funktionieren. Wenn ein Gedanke oder ein Gefühl kommt, sehen Sie einfach wie ein Außenseiter aus, denken Sie nicht, dass Sie es denken, weil es nur von irgendwoher kam, die Leute reden oft mit sich selbst, merken aber nicht, dass alles in ihren Köpfen passiert. Entweder nimmst du die Lügen an oder du es einfach los. Sei ruhig, und höre nach innen, was deine wahre göttliche Realität ist. Du wirst fühlen, dass etwas tief in dir lebt, das du bist. Erkenne in dir selbst, dass du es bist und nicht das, was du bisher aufgrund physischer Dinge von dir gedacht hast. Die Fülle des Lebens, die wahre Fülle ist, ist in dir. Es ist ein Teil Gottes in dir, das Licht, das vom Licht kam und zum Licht zurückkehrt.

In dir steckt wahre Liebe. Jeder hat sie, auch wenn er es nicht weiß und auch wenn er sich nicht benimmt. Der Grund dafür ist, dass sich die Menschen nicht so verhalten, wie sie wirklich sind, weil sie nicht wissen, wer sie wirklich sind. Und wenn Sie das innere Selbst finden, nach dem Sie sich immer gesehnt haben, dann wird unendlicher Frieden aus Ihnen herausfließen. Behalten Sie diesen Zustand so oft wie möglich und in so vielen Situationen in Ihrem Leben bei. Die erreichten Dinge werden dich glücklich machen, es wird niemanden sonst glücklich machen, aber ein Gefühl der Ganzheit verleihen, wenn du von ganzem Herzen fühlst, dass du in dir lebst, wenn du erkennst, dass dieser Teil von dir der wahre ist. Ich habe mein ganzes Leben lang gesucht, wie ich in diesen Zustand komme. Was Vollständigkeit gibt. Ich suchte auf verschiedene Arten, Konfessionen, Kirchen, Meditationen, Bücher. Ich befand mich in sehr schwierigen Lebenssituationen, auch finanziell und gesund, und diese Erfahrungen führten mich dazu, tiefer zu schauen. Mir wurde gesagt, ich solle einen Moment Meditation machen … aber wie? Ich brauche Zeit, weil viele Leute sagen, dass sie keine Zeit haben, es ist mir passiert. Überall und jederzeit, wo Sie es tun können. Konzentrieren Sie sich einfach auf das Innere. Ich wollte bewusstes Träumen üben, und ich muss mich darauf konzentrieren.

In einem Traum, der sich mir durch Meditation öffnete, sah ich ihn.

Ein Boot schwamm in einem Meer, und in dem Boot saß mein Sohn neben mir. Es gab jemanden bei uns, der die Reise leitete und uns sagte, wir würden auf eine Insel gehen, und wir würden bald ankommen. Ich fragte, wer dort lebte, und er sagte, sie seien wie wir. Ich war neugierig.

Als wir ankamen, war das Wasser am Ufer wunderschön hellblau und der Sand weiß.

Ich konnte Palmen sehen, aber die Menschen noch nicht, und ich dachte, die Insel sei unbewohnt. Dass ich in ein paar Minuten zurück sein würde. Ich sah mich nur am Strand um. Dann befand ich mich plötzlich unter den Menschen, in einem unbedeckten Raum, es war bloß die Spitze.

Diese Leute sahen genauso aus wie wir, ich sah nur deutlich ihre Aura, was ich seltsam fand. ich sah sie ganz klar. Nimm meine Aufmerksamkeit von dort. Ich erkannte mich in ihnen und in ihnen selbst.

Ich hörte und fühlte gleichzeitig ihre Gedanken und mich selbst, dass es eine tiefe Liebe zwischen uns gibt, Freundschaft, aber die tiefste Freundschaft, die ich jemals hier gefunden habe. Ich fühlte eine tiefe Verbindung mit ihnen und auch mit mir, viel tiefer als ich ausdrücken kann.

Ich hatte das Gefühl, dass wir nicht getrennt sind, wir sind eins. Ich fühlte mich zu Hause für mich, und jeder liebte mich. Ich fragte sie, woher sie kamen, und sie sagten, die meisten von ihnen aus den nordischen Ländern, Finnland, Norwegen, Lettland usw.

Ich habe diesen Traum nicht sofort aufgeschrieben, weil ich so tief betroffen war und ihn nicht in Worte fassen konnte, nicht einmal für mich selbst, nicht einmal in Gedanken.

Ich bat um bewusstes Träumen, weil ich monatelang mehr als 10 bis 11 Stunden nachts geschlafen hatte und wissen wollte, warum, wo ich in meinem Traum war und wen ich traf. Ich hatte das Gefühl, an einem Ort zu sein, an den es schwierig war, zurückzukommen.

Ich weiß nicht, welche Welt oder welche Dimension, aber ich fühlte mich dort viel besser.

In einem anderen Traum traf ich auch jemanden, er trug ein goldenes Kleid, und diese Kreatur war sehr hell. Sie sprach mit mir, aber leider kann ich mich nicht erinnern, was sie gesagt hat, dafür müsste ich noch tiefer gehen. Ich kann nicht einmal sagen, ob sie ein Mann oder eine Frau war oder vielleicht keins von beidem.

Meine spirituelle Entwicklung wird so lange fortgesetzt, wie ich hier lebe und auch nachdem ich hier abgereist bin. Jeder muss sich spirituell entwickeln, wir sind hier, um zu lernen, uns durch unser wahres Selbst mit den höheren Dimensionen zu identifizieren oder selbst in höheren Dimensionen zu sein. In diesem Körper.

Aus den höheren Dimensionen

Unsere Engel und spirituellen Helfer sind immer bei uns, lieben uns, führen, beschützen und versuchen, Sie hereinzulassen. Wenn Sie bewusster werden, steigt Ihr Schwingungsniveau. Ihre Schwingung beeinflusst also die Schwingung der Erde und die Schwingungen anderer. Wenn Sie mit einer höheren Schwingung leben, helfen Sie auch der Entwicklung Ihrer anderen Mitmenschen. Sie und die Planeten und andere Wesen von anderen Planeten interagieren alle miteinander. Sie werden voneinander beeinflusst und von vielen anderen Planeten unterstützt, um Fortschritte zu erzielen.

Wir müssen einen Reinigungsprozess durchlaufen, bis unser Geist in unserem endgültigen Zustand gereinigt ist und wir in den himmlischen Vater eintreten können, von wo wir gekommen sind. Es gibt verschiedene Ebenen, nach unserem Wissen erreichen wir einen Ort gemäß unserem Glaubenssystem, und dort lernen und entwickeln wir uns weiter. Wenn Sie nicht an etwas glauben, können Sie es nicht akzeptieren, Sie können sich nicht mit dieser Ebene identifizieren, und Sie können sie nicht betreten. Das Universum ist nicht so kompliziert, wie wir glauben. Es basiert auf einfachen Gesetzen. Das grundlegendste

Gesetz ist die Liebe. Die spirituellen Dimensionen nähern sich den Menschen und helfen ihnen, Fortschritte zu machen. Um verständlicher zu sein, haben sie das andere gesucht und gesucht. Dimensionen mit Menschen. Mentale Dimensionen wie unsere verstorbenen Verwandten, Freunde, die wir vielleicht vergessen haben, helfen uns in unserem Leben, kommen unerwartet aus Schwierigkeiten heraus oder helfen auf andere Weise in Situationen. Bei der Arbeit mit Engeln können sie kaum getrennt werden, weil sie zusammenarbeiten. Wenn plötzlich Wärme fließt oder Sie denken an einen Freund oder Verwandten, der bereits verstorben ist, dann möchten sie sich mit Ihnen in Verbindung setzen, um etwas zu melden. Auf die Frage, worauf zu achten ist, was schreiben Sie? Jeder kann ein Medium sein, kann es lernen, erreicht ein anderes Niveau als jeder andere, solange er bereit ist, Zeit und Energie in das Lernen und Üben zu investieren. Sie können aus Büchern und von anderen lernen, aber natürlich müssen Sie dafür arbeiten. Sie können sich bei wichtigen Entscheidungen in Ihrem Leben beraten lassen. Zuerst müssen Sie glauben, dass Sie dazu in der Lage sind. Wenn Sie immer sagen, dass es bei Ihnen nicht funktioniert, verschließen Sie sich selbst. Ich möchte alle wissen lassen, dass es ein Leben nach dem Tod gibt, sogar das Ende dieses Lebens, aber ein neues. Es ist sehr wichtig, in diesem Sinne zu leben, da es einfacher ist, Tod und Leben nach dem Tod zu akzeptieren. Durch den Tod legen wir unseren gegenwärtigen physischen Körper nieder und bewegen uns in eine andere Dimension, um zur ultimativen Perfektion überzugehen.

Sie sind besorgt über Freunde und Verwandte, die hier zurückgelassen werden. Sie möchten die Botschaft vermitteln, dass es ihnen gut geht und sie ein Leben nach dem Tod haben und wie sehr sie sie lieben oder sich für etwas entschuldigen. Ich habe auch erfahren, dass Geister eifersüchtig sein können, wenn sie sich auf einer noch niedrigeren Ebene befinden. Dies in ihrer Entwicklung verwandelt sie in Verständnis und verschwindet.

Wenn Sie eine Transformation wollen, besser hier auf der Erde, werden Sie die Transformation zuerst mit sich selbst beginnen.

Jeder kann sich nur selbst formen, sich verbessern. Auf diese Weise kann unser Planet auf eine höhere Ebene, in eine höhere Dimension aufsteigen, wenn wir uns auf eine höhere Ebene erheben. Wir leben hier. Höhere Ordnungsänderungen verschlingen immer mehr Menschen und schaffen noch mehr Transformationen. Diese spirituelle Entwicklung können wir nur gemeinsam durchführen. Wir alle kommen von einem Ort und kehren an einen Ort zurück. Wir sind alle als Brüder und Freunde verbunden.

Was wir jetzt von der Realität halten, ist nur eine Illusion. Wir leben in einer Welt der Illusion, sie schafft das Problem, und wir erschaffen Dinge, aber da die Illusion einen Moment da ist und dann nicht. Die Illusion ist Reichtum und Armut. Sie können es im nächsten Moment verlieren und umgekehrt, es ist nicht in einem Moment da, und dann wird es später sein. Eine Illusion ist auch das, was wir sehen, was wir sehen wollen.

Wir sehen die Geisterwelt nicht, weil wir sie aus Angst oder etwas anderem nicht sehen wollen. Als wir Kinder waren, haben wir Engel und andere Wesen gesehen und mit ihnen gesprochen. Jedes Kind hat diese Fähigkeit aus dem einen oder anderen Grund. Vielleicht, weil deine Eltern gesagt haben, dass dort nichts ist oder dass du nicht mit dir selbst sprechen sollst. Diese Fähigkeiten können alle zurückgebracht werden. Vielleicht hast du sie nicht einmal vollständig in dir beseitigt. Ich habe nicht gesagt, dass du auf die Straße gehen und mit dir selbst reden sollst oder Freude verbreiten, weil du etwas in deinem Kopf hörst. Lass dich immer von der Liebe leiten. Ich habe in meinem Leben gesehen, dass viele Menschen Erfahrungen gemacht haben, als spirituelle Helfer oder Engel sich mit ihnen verbinden, ihnen eine Botschaft oder Anleitung geben wollten.

4. Der Weg

Meditiere und denke über die Dinge nach, die du liest und hörst, und du wirst zur Wahrheit erwachen. Es gibt immer einen von uns, der sich verpflichtet, geboren zu werden, um eine wichtige Aufgabe zu erfüllen und die Botschaften, Dinge deinem Planeten für deine Entwicklung zu überbringen.

Es gibt Menschen, die unsere Botschaften durch Musik übermitteln … Hochrangige Geister sind zu Ihnen gekommen, um unsere Botschaften durch Musik zu übermitteln. Viele von ihnen sind bereits zurückgekehrt, weil sie Opfer von Morden geworden sind. Sie werden das Ergebnis von Ursache und Wirkung sehen, Sie werden sehen. Einer von uns, der zuletzt kam, hatte eine wichtige Botschaft für Sie, wir mussten sie wegnehmen, weil Sie sein Leben völlig unmöglich gemacht haben und Sie immer noch darüber gesprochen haben, Sie haben weltweit falsche Dinge darüber verbreitet, unseren wahren Bruder, und all die Lügen, die Sie über ihn verbreiten. und wer dies tut, wird Sie zurückzahlen. Die Zeit wird für alles kommen. Sie werden sehen.

Großer Schutz wird immer von seiner Anwesenheit bewegt, und diese Nachricht über ihn wird wieder großen Staub aufwirbeln, weil es so wichtig ist. Sie wissen nicht einmal, wer er wirklich ist. Und wer diese Botschaft übermittelt, er ist auch für uns sehr wichtig, für sich selbst, weil Sie Ihre eigenen Feinde sind. Diese Botschaft ist sehr wichtig. Wir haben Ihren Sender jahrelang davon überzeugt, sie weiterzugeben.

Zuerst dachte ich, ich schreibe ein unterhaltsames Buch, aber ich schreibe immer noch auf, was ich durch Gedanken, Ideen und Vorschläge bekomme. Ich schreibe auch Dinge, die ich übrigens niemandem erzähle. Aber jetzt erzähle ich es allen.

Vielen Dank an die Engel und meine spirituellen Helfer. Ich bin ihnen sehr dankbar, dass sie während meiner Probleme immer bei mir sind und auch wenn ich allein war. Sie sind in schwierigen Zeiten nicht allein, bitten Sie um Ihre Hilfe.

Es gibt bestimmte Zeiten im Jahr, in denen wir uns leichter mit spirituellen Helfern, Engeln und verstorbenen Angehörigen verbinden können. Eine solche Zeit ist Halloween, der Tag der Toten. Vorher und nachher sind der Schleier dünner und die Kommunikation und Wahrnehmung mit der spirituellen Welt viel einfacher. Bemühen Sie sich vor allem darum, mit unseren Mitmenschen zu lieben, damit wir übergeordnete Wesen in unser Leben ziehen können. Menschen können sich mit anderen Wesen verbinden, immer danach streben, besser zu sein, und Gott um die Hilfe unseres Schöpfers bitten, damit wir erkennen und wissen, wen wir kontaktiert haben. Bitte helfen Sie mir immer, klar wahrzunehmen und zwischen Energien und ihren Absichten unterscheiden zu können.

Die Absichten der Menschen sind auch nicht immer klar. Wir werden Ihnen beibringen, wie Sie Menschen auf verschiedenen Ebenen sowie spirituelle und andere Wesen unterscheiden und behandeln können. Wir werden Ihr Wissen darüber erweitern, und Sie werden die Macht haben, über sie zu herrschen. Wir kümmern uns um Sie, nicht um alle gleichzeitig. Im Laufe der Hilfe für Ihr Leben. Aufgrund der Veränderungen in Ihrem Leben werden Sie die Schwingungen und Absichten der Menschen besser verstehen. Dies ist auch denen bekannt, die Sie beobachten, und Sie sind sich dessen bewusst und wissen es oder warum sie es tun. Sie haben Sie lange beobachtet. Auf Ihre Anfrage werden wir Ihnen helfen, wie wir es bisher getan haben. Achten Sie genau auf alle Nachrichten und Ratschläge, die Sie von uns erhalten. Hilfe und Antworten kommen manchmal nicht so, wie Sie es sich vorstellen. Aber wir wissen, dass Sie das Beste bekommen und es auch genau das ist, was du vor deiner Geburt unternommen hast …

Sie können auch denen Hoffnung geben, die die Hoffnung völlig verloren haben und glauben, dass sie es nicht mehr wert sind, jemals zu Gott zurückzukehren. Aber durch das, was Sie durchgemacht und erlebt haben, woraus Sie jetzt herauskommen und woraus Sie herausgekommen sind …

Durch sie können Sie den Hoffnungslosen authentisch helfen, Frauen, die von Männern und der Gesellschaft ausgebeutet und verachtet werden. Wir sagen jeder Frau, dass es Hoffnung gibt, egal was Sie getan oder ob sie nichts getan haben, Sie leben nur in einem Land, in dem Frauen gehasst werden ... Sie können aus allem herauskommen, und Sie können alles tun und ändern.

Orte und Welten, in denen es so viel Hass und Unwissenheit gibt, führen nirgendwo hin. Unsere Botschaft an Sie sollte sich ändern und Frauen nicht beleidigen und hassen, weil auch sie Gott geliebte Kreaturen sind. Sie können keine höheren spirituellen Ebenen betreten, Liebe ist nicht möglich. Ohne und nach Jesus. Gott hat dir nie gesagt, dass du dich gegenseitig töten sollst, es sind Botschaften von anderen Wesen!!! Sei also vorsichtig, wem du folgst!!! Dies sind sehr wichtige Botschaften.

Du musst deine Geschichte und Religion ändern, weil sie nicht authentisch ist, wegen ihrer Mehrdeutigkeit und Mängel gibt es viele Meinungsverschiedenheiten zwischen den Nationen.

Dies sind sehr wichtige Nachrichten, jetzt müssen wir sie nicht mehr berücksichtigen, wir müssen sie ändern. Wir sehen, dass Sie sich immer noch gegenseitig töten, Frauen und Kinder, also senden wir diese Warnmeldungen.

Sie sollten sie besser beobachten und ändern, weil jeder, der sie generiert, auf sie wartet. Kommen Sie in sein Reich unten, und Sie können dort nicht raus.

Dies ist ein Kampf zwischen den spirituellen Welten, und Sie müssen lernen, Widerstand zu leisten. Nur dann können Sie in Liebe zu Gott zurückkehren. Wir lieben es nicht, wenn Sie die Medien angreifen, die unsere Botschaften übermitteln, Sie tun es mit mehreren von ihnen. Was du dem anderen gegeben hast, geht zurück!!! Für Ihre spirituelle Entwicklung müssen Sie Ihren eigenen Weg finden. Aber wenn Sie in höheren Perspektiven voranschreiten, erreichen alle Ihre Fähigkeiten noch höhere Grade. Und bisher unbekannte Fähigkeiten tauchen auf. Ich habe nicht das Gefühl, dass ich dort angekommen bin, wo ich wirklich hinmöchte, aber ich teile es mit anderen. Meine Geschichte hat sich auch sehr verändert, und meine Einstellung zu Leben, Arbeit und dem ganzen Leben überhaupt hat sich sehr verändert und ändert sich immer noch. Auf jeden Fall bringt sie positive Veränderungen mit sich. Sie werden wahrnehmen und mit mir auf diesen Weg kommen und gemeinsam lernen. Sie werden auch die Veränderung in sich selbst und um Sie herum spüren, wenn Sie sich dem Geistigen, dem Himmel öffnen. Ich bin immer offen dafür, allen zu sagen, was ich gerade lerne und wo ich bin, was, wie du denkst und was ich erlebe. Ich denke, jeder einzelne Mensch sollte lernen und spirituell offen werden, egal aus welchem Land du kommst und egal wie deine Existenz ist. Jeder ist gekommen, um sich spirituell auf diesem Planeten zu entwickeln, und das Hauptziel für alle ist es, zu Gott zurückzukehren. Wir haben Raum für Verbesserungen.

Unsere gemeinsame Aufgabe ist es, einander zu lieben und zu helfen.

Mein Ziel war es, ein konstruktives Buch zu schreiben, aber ich wurde nicht von mir selbst inspiriert, sondern von denen, die mit mir sprechen und ihre Botschaften durch Gedanken vermitteln.

Dieser Leitfaden ist auch gut für diejenigen, die noch nicht wissen, wo sie auf dem Weg zur spirituellen Entwicklung beginnen sollen, aber ebenso für diejenigen, die bereits viele Bücher gelesen haben und in Kursen unterrichtet wurden, sich aber noch nicht vollständig angekommen fühlen.

Ich schreibe meine eigenen Erfahrungen auf, schreibe sie auf und beschreibe auch Details meiner Lebensreise, weil diese Dinge passieren oder anderen passieren können.

Ich lernte und lerne immer noch, wie man mit Engeln und spirituellen Helfern kommuniziert. Ich habe mich immer gefragt, wie es war, wenn ich meine Gedanken beschrieb und was ich von ihnen höre oder bekomme. Als ich 17 war, wollten sie, dass ich schreibe, ich fing an, aber ich hatte Angst, oder meine Eltern haben mich erschreckt, weil sie nicht verstanden haben, was mit mir los war und ich mich eingeschlossen habe. Diese Fähigkeit endete nie vollständig, aber es machte mein Leben schwieriger, dass ich mich nicht damit befasste und mich nicht verbesserte. Es war schwer wieder zu öffnen, nur eine bestimmte Person, die starb, öffnete mich vollständig.

Als mir bewusst wurde, warum ich mich immer nicht in einer realen Welt, sondern in einer Illusion fühle, wurde mir klar, dass hier auf dieser Welt nichts real ist. Alles, was passiert und was wir sehen, fühlen, ist keine Realität, du erschaffst dich selbst, und andere beeinflussen, was wir sehen, was geschieht. Wir beeinflussen auch das Leben und die Persönlichkeit des anderen, weil wir alle zusammengehören ... Wenn dies offensichtlich wird und Sie ein Gefühl der Zugehörigkeit verspüren, verstehen Sie dessen Bedeutung, den Wert von Liebe und Zugehörigkeit, und wenn Sie sich dessen bewusst werden, müssen Sie sich keine Sorgen machen, und Sie werden sich auch nicht in diesen unwahren Dingen erleben.

Beachten Sie, dass Ihre Einstellung Dinge in Ihrem Leben beeinflussen kann oder nicht. Ob Sie es glauben oder nicht, es ist. Du willst nicht mit unwahren Dingen oder Brüchen leben, was auch immer, du kannst sehen, was dahintersteckt. Weil es nicht real ist, sondern eine Illusion, also plastisch, das heißt, es kann geformt werden. Wie Sie wollen.

Sie werden mit der Tatsache aufwachen, dass alles gespielt und nicht real ist, und dann werden Sie erkennen, dass Sie über nichts nervös sein müssen, weil hier nichts real ist. Einfach alles ist in Ihrem Kopf. Wenn Sie in einer ruhigen Umgebung oder zu Hause allein sein und über sich selbst meditieren, sich selbst betrachten und sich tief auf sich selbst konzentrieren können, können Sie erkennen, dass dies wahr ist. Auf diese Weise können Sie herausfinden, ob es wahr ist. Sie können sogar wechseln, wenn Sie sich an einem geschäftigen Ort befinden und Verwirrung herrscht. Sie müssen nur auf den Moment achten, in dem Sie sich befinden, auf diesen einen Punkt, auf die Gegenwart. Dann achten Sie nicht auf die Fragen oder Gedanken, die sich in Ihrem Kopf gebildet haben. Konzentrieren Sie Ihre Aufmerksamkeit auf Ihr Inneres, und bleiben Sie in der Gegenwart. Wenn Sie das Gefühl haben, dass Sie sich beruhigt haben und nur in der Gegenwart sind, in der Gegenwart, und sich nicht mit den Dingen um Sie herum beschäftigen und nicht auf die Dinge achten, die auf Sie zukommen, was sollten Sie dann als Nächstes tun? Der Himmel wartet immer, badet in Stille in dieser Harmonie. Fragen Sie nach der Weisheit tief in Ihnen über alles, weil Sie alles in sich selbst wissen. Sie brauchen keinen externen Führer, Sie können den Meister und den Weisen in sich selbst finden. Sie können Ihnen nur die Richtung zeigen. Du brauchst Anleitung, aber keine Führung. Du musst dich selbst finden und dich auf dem Weg bewegen, und es ist nicht gut, andere nach deinem eigenen Weg zu fragen. Du wirst dich selbst kennen, wenn du dich hinsetzt, um zu meditieren, zu beten, Yoga zu machen. Und dann werden Sie auch keine Fragen haben, nur die Dinge werden von selbst kommen. Die Frage kommt, was ist Ihr Lebenszweck, und was ist Ihre Aufgabe, wohin gehen Sie? Was ist der richtige Weg? Sie können wählen, ob Sie auf der Erde, in der physischen Realität oder als Geist in der geistigen Welt geboren und entwickelt werden möchten, damit Sie dort bleiben und sich dort entwickeln und zu den höheren Dimensionen, zu Ihrer vollen Realität und zur Rückkehr zu Gott gelangen.

Ein berühmter Künstler sagte mir:

„Ich bin in erster Linie ein Künstler, aber jetzt ist mein Job anders. Das bedeutet nicht, dass ich gerade nicht singe."

Jeder hier ist anders oder was ihm am nächsten ist. Wir erkennen, was wir anders hätten tun können, und wir möchten die Fehler beheben. Sie können es dort in Ihrem Leben tun. Besser in diesem Leben, aber es ist nie zu spät für Veränderungen. Aber sagen Sie nicht, dass Sie sich dort ändern werden, tun Sie es. Und jetzt, wo du jetzt bist, wirst du es nicht für Veränderungen tun, weil es schwieriger ist, es in Kraft zu setzen, aber es ist nicht unmöglich. Es ist auch schwieriger, verschobene Dinge auszugleichen, aber es ist auch nicht unmöglich. Bittet uns, uns bei unserer spirituellen Entwicklung zu helfen. Wir helfen immer gerne.

Es gibt eine Ursache für Krankheit und Leiden. Aber sie richten sich nicht nach Gottes Willen. Es handelt sich um eine Sache nach dem Gesetz der Ursache oder etwas anderem. Ungehorsam, Wut und Selbstsucht haben auch Konsequenzen für die Gesundheit. Wir erledigen unsere Aufgabe auf die Art und Weise, wie wir sie vor unserer Geburt erledigt haben. Es mag jetzt so klingen, und Sie würden das sofort sagen, aber Sie erinnern sich nicht daran, was Sie getan haben. Meditation kann es in Ihnen offenbaren, Sie befinden sich auf Ihrem Weg, Sie müssen es nur finden. Wir übernehmen Rollen, in Familien und Gesellschaften, in Ländern, für unsere Entwicklung. Einige werden im selben Land geboren, andere fragen nach einem anderen. Hier wird alles entschieden, und wenn es akzeptiert wird, kann es sein. Es erfordert eine genaue Planung und verläuft oft nicht so, wie wir es geplant haben. Wenn wir das Gefühl haben, nicht auf dem Weg zu sein, läuft nichts so, wie wir es wollen. Dann müssen wir uns ändern. Wir müssen uns und uns selbst zuerst ändern, und dann werden sich andere ändern, wenn sie uns sehen … Die Welt ändert sich auf diese Weise, mit uns; weil wir zusammengehören, können wir uns nur zusammen ändern.

Es ist Zeit für Veränderungen, wir fordern die Menschheit auf, jeden Einzelnen zu verändern. So wachsen und entwickeln wir uns in der Gemeinschaft, in der wir von Anfang an zusammen sind. Eine auf Bestrafung basierende Gesellschaft kann sich nicht entwickeln, sie muss sich ändern. Es geht nicht darum, Sünder zu bestrafen, sondern zu heilen und Fehler zu korrigieren.

Menschen schuldig zu machen und zu bestrafen ist Sünde selbst. Wir wollen keine Gesellschaft, die auf dem Urteil auf der Erde basiert.

Wir wollen langsam dazu führen, dass die Existenz der Erde und unsere Welt auf einer Ebene und in einem Glanz, einer Dimension, sind. Wie am Anfang. Selbst die Machthaber wollen Ihre Systeme kontrollieren … Es macht keinen Sinn und führt nirgendwo hin, Unterdrückung immer. Es schafft niedrige Ebenen. Es behindert die Entwicklung. Lassen Sie keine Unterdrückung zu, wir beten für Sie. Diejenigen, die Botschaften an Menschen weitergeben können, spielen eine wichtige Rolle.

Was ich von den Leuten hier bekomme, ist nicht leicht zu ertragen, sie folgen, sie sehen zu usw. Sie tun gefährliche Dinge gegen mich, manchmal fühle ich mich dadurch in Gefahr. Niemand versteht, nur diejenigen, die dasselbe durchmachen. Ich habe Freunde, die jetzt in eine Situation gezwungen wurden. Sie arbeiten als Privatdetektive für Geheimdienste, aber sie tun es nicht aus freiem Willen, sondern unter Zwang, weil sie keine Wahl haben. Sie wollten es mit mir machen, sie brachen in meine Wohnung ein und ruinierten alles, folgten mir und beobachteten mich. Ich habe nichts getan, also ist es nicht verständlich. Sie haben es mit Michael Jackson und vielen anderen Menschen gemacht. Sie haben alles ruiniert, wenn sie nicht für sie arbeiten wollten. Wir müssen wissen, was sie mit Menschen machen. Das kann jedem passieren. Sie achten darauf, Sie haben keine Privatsphäre. Diese Geister und Engel verstehen und helfen Ihnen, die Nöte in der Welt zu ertragen, wenn Sie fragen, sie können ihnen helfen.

Sie können immer nach ihnen fragen, wenn wir Hilfe brauchen. Sie sind nie müde, uns zu Hilfe zu eilen.

Sie können auch eine persönliche Beziehung zu Ihren Engeln und Helfern aufbauen. Sie können sie täglich um Hilfe bitten, oder Sie sprechen einfach in Gedanken mit ihnen, nicht laut. Engel sprechen mit allen, Sie können sie einfach nicht aus Angst hören. Sie haben das Gefühl, dass immer jemand bei Ihnen ist, oder haben Sie das Gefühl, einen verstorbenen Verwandten, einen Freund in Ihrer Nähe zu haben, die Ihnen in Ihrem Leben helfen? Haben Sie das Gefühl, dass jemand Sie sanft streichelt? Unsere Engel und Helfer möchten mit uns kommunizieren und unserem täglichen Leben helfen, uns auf den richtigen Weg führen.

Dein wahres Selbst zu erreichen wird sein, wenn du in der Gegenwart sein kannst; und wenn du dich selbst betrachtest, wirst du sehen, dass alles in dir ist. Sei einfach in der Gegenwart, in der Gegenwart. Meditiere im Moment. Einfach wo du bist.

Es kann ein langer Prozess sein, aber es kann auch Teil eines Augenblicks sein, es liegt an Ihnen.

Sie stellen fest, dass Sie nicht aus externen Quellen glücklich werden können, ich meine Erfolg oder den Kauf teurer Dinge für sich selbst oder die Erwartung, dass jemand Sie liebt usw. Sie werden dieses tiefe und dauerhafte Glück nicht spüren, und Sie werden es nicht behalten können. Wie geht es dann? Auf keinen Fall, verstehe einfach, du hast bereits alles in dir, Glück, Liebe und alles, was du brauchst, was du bekommen kannst, weil du dazu berechtigt bist. Einer nach dem anderen.

Jeder kann alles erreichen. Du musst nur an ihn und dich selbst glauben. Ich hatte meine eigene Erfahrung in meinem Leben, als ich alles kaufen konnte, was ich wollte, und ich konnte reisen, wohin ich wollte, und ich hatte alles, was ich brauchte und auch was ich nicht brauchte, aber Leere und Unglück. Ich hatte das Gefühl ... Gott möchte, dass Ihr Reichtum nicht nur physisch, sondern auch spirituell ist. Beides zusammen, weil jeder nicht nur einer engen Klasse angehört. Das Geheimnis ist, sie kreativ sein zu lassen und offen für Neues zu sein, es selbst zu wagen.

Und vor allem, vertraue auf Gott, glaube an Gott, und vertraue darauf, dass du alles bekommst, was du brauchst. Wagen Sie es, im Gebet mit ihm zu sprechen, bitten Sie ihn nicht, seien Sie einfach dankbar, zuzuhören und auf Ihre Anbetung, Ihre Bitte und Ihr Vertrauen in Gottes Wege zu antworten. Sie werden wahrscheinlich nicht auf diese Weise antworten. Er liebt die Art und Weise, wie Sie es erwarten, also erwarten Sie nicht, wie er sein soll, und sagen Sie ihm nicht, was er tun soll. Fragen Sie einfach, und glauben Sie, dass er geben wird. Wenn Sie diese Art von Veränderung durchlaufen, werden Bekannte, Verwandte und andere Menschen kommen und versuchen, sich zu verwickeln, lenke vom „utrol" ab, aber kümmere dich nicht darum, was sie sagen, mach einfach weiter, und glaube es!

Das Ego spricht von denen, die Angst haben, Ihr eigenes Ego spricht auch zu Ihnen. In diesem Fall hören Sie einfach nach innen, und die Stimme verschwindet im Nichts. Das andere, was wir tun können, ist, es Gott zu geben und sie zu bitten, diese Gedanken, Gefühle in Liebe umzuwandeln.

Haben Sie sich jemals von der Mentalität dieser Welt erschreckt gefühlt? Unangenehm und traurig oder in bestimmten Situationen oder dadurch, wie Menschen miteinander umgehen? Es ist Zeit, darüber nachzudenken, warum dies so ist, warum Sie das Gefühl haben, nicht hierherzugehören. Es fehlt Ihnen?

Vielleicht vermissen Sie es? Das Gefühl der selbstlosen Liebe, und hast du das Gefühl, dass du in eine andere Welt gegangen bist? Du kannst dich hier und jetzt mit dieser Welt vereinen.

Du musst nicht warten, bis du stirbst. Der Tod kann die Fortsetzung der Harmonie sein, die hier mit den höheren Dimensionen erreicht wird. Die Einheit mit den höheren Dimensionen befand sich hier auf der Erde, bevor das Energieniveau auf das physikalische, materielle Niveau fiel.

Das universelle Ziel ist es, diese Einheit auf globaler Ebene zu erreichen und aufrechtzuerhalten. Sie können auf einem hohen Energieniveau leben, auch wenn Sie reich oder finanziell sind. Es ist nicht unbedingt so, dass dies nicht möglich ist. Ich sage immer, glauben Sie an das, was Sie können. Wenn Sie daran glauben können, dass Sie alles finanziell bekommen können, Sie werden es bekommen, natürlich müssen Sie es tun, Sie müssen dafür arbeiten. Sie werden nicht auf traditionelle Weise reich. Sie glauben, dass Sie morgens aufstehen und zur Arbeit gehen, für ein Unternehmen oder irgendwo arbeiten, aber Sie arbeiten nicht für sich. Doch wenn Sie das Unternehmen eines anderen aufbauen und glauben, dass Sie finanzielle Unabhängigkeit erlangen, verschwenden Sie nur Ihre Zeit. Bis Sie sehen, dass die Arbeit für einen anderen keine finanzielle Unabhängigkeit bringt, selbst wenn Ihre Konten nicht ausreichen, sollten Sie sich ändern in Ihrer Einstellung, und suchen Sie nach etwas, das Sie weiterbringt. Wenn Sie sich immer darauf konzentrieren, das Unternehmen eines anderen zu entwickeln und das Beste zu geben – Sie arbeiten nur den ganzen Tag und haben bloß 20 bis 30 Tage im Jahr frei –, dann können Sie sich nicht entwickeln, Sie sind behindert. Dies lehrt die Menschen, dass dies ein sicherer Lebensunterhalt ist, sie machen Roboter, und du wirst für den Rest deines Lebens robotisiert. Ich sage, dass es für die spirituelle Entwicklung auch so ist. Es geht darum, Dinge zu erkennen und Veränderungen in allen Bereichen vorzunehmen. Das Erreichen der finanziellen Unabhängigkeit bringt viele neue Dinge mit sich. Sie haben mehr Zeit für sich selbst, andere und Ihre Lieben. Sie können mehr Zeit mit ihnen verbringen. Es wird auch Ihre spirituelle Entwicklung fördern, Sie werden die Energie haben, zu rechtfertigen, zu meditieren, zu lesen. Nehmen Sie sich mehr Zeit für sich selbst, haben Sie einen Traum und den Wunsch, mindestens 4-5 Mal im Jahr zu reisen. Haben Sie die Träume, die Sie verwirklichen möchten, in sich und um sich herum. Wer den anderen Weg wählt, ein Leben voller Entsagung und Leiden, den wird es nirgendwohin führen, und plötzlich merkt man, was man in seinem Leben aufgeschoben hat. Wir sind hierhergekommen, um unser Leben zu leben und nicht nur zu überleben. Gott möchte, dass jeder sein Leben gleich lebt. Wer das Gegenteil von Gott behauptet, der hat ihn falsch gekannt oder kennt ihn nicht wirklich. Was Sie mit Freude und Befriedigung erfüllt, wenn Sie es tun, zeigt, Sie sind auf dem Weg, den Sie zuvor für sich selbst gewählt haben. Sie sind hierher zurückgekehrt. Sie haben beschlossen, es zu tun und Ihr Leben in Glück, Fülle und nicht nur finanziell, sondern auch geistig zu leben. Arbeiten Sie mit Ihrem Körper, weil er Ihre Seele in sich hat und auch mit Ihrer Seele umgeht. Und dann werden Sie mit allem in Harmonie sein in Ihrem Leben.

Die Nerven und falschen Lehren, die sich aus Missverständnissen ergeben, müssen aus unseren Köpfen und Glaubenssystemen entfernt werden. Besonders für Gott. Vergessen Sie die Bestrafung Gottes, der auf einem entfernten Planeten lebt und an der Macht ist. Liebe. Liebe ist nicht neidisch, nicht eifersüchtig, will sich nicht selbst nützen, schaut nicht auf andere herab, regiert nicht und bestraft vor allem nicht. Heute haben dies viele Menschen erkannt, und Veränderungen haben in den spirituellen Dimensionen begonnen. Mächtiger als je zuvor.

Ich dachte, ich würde ein Buch darüber schreiben, wie hart und brutal das Leben ist, aber ich würde lieber darüber schreiben, wie wir unser Leben hier verbessern können.

Obwohl niemand die ganze Wahrheit wissen kann, nur diejenigen, die bereits vergangen sind. Jenseits des Todes in eine andere Dimension. Aber es gibt Menschen, Medien, die diesen Ort immer noch sehen und vermitteln können. Sie könnten Sofortnachrichten an Menschen aus verschiedenen Dimensionen weitergeben. Welche Dimension wir verbinden, hängt von Ihnen und uns ab. Wir möchten, dass jeder in der Lage ist, sich mit unserer Frequenz zu verbinden, damit Sie uns leichter hören und uns in Ihrem Leben helfen können. Viele Seelen, die bereits gegangen sind, helfen Menschen, die dieses Ziel gewählt haben. Ihr ganzes Leben lang helfen und unterstützen sie, besonders wenn Sie bestimmte Aktivitäten wählen, bei denen sie gut sind und Erfahrung haben. Sie sind nicht allein in Schwierigkeiten, aber Sie fühlen sich immer noch so. Beten und meditieren Sie, und Sie werden Gott, die Engel und die Hilfe und Nähe Ihrer Helfer fühlen. Seien Sie in Ihren Herzen dankbar für Sie. Danke Gott immer für deine Vorsehung.

Die Menschen lassen sich von ihren Vorgesetzten führen, auch wenn Gott demütig und nicht menschlich sein sollte.

Dies hat natürlich immer Auswirkungen, die solche Menschen sehen werden, wenn sie sterben.

Ich würde hinzufügen, ich habe das nicht selbst geschrieben, ich musste es aufschreiben!!!

Wir werden die Menschen, die auf der Erde in Gefahr sind, immer früher nehmen, wir werden sie retten. Wir haben bereits viel mit ihnen gemacht, und wir werden dies auch weiterhin tun. Bitte vertraue auf Gott!

Zurück in die spirituelle Welt, wenn ein Geist hier festsitzt oder zurückkehrt, weil er an diesem Leben oder einer materiellen Sache festhält, dann fällt es ihm schwer, alleine zurückzukehren … Jeder dort erlebt das Leben auch anders als in dieser Dimension. Das Leben beeinflusst das nächste Leben, das Gesetz von Ursache und Wirkung.

Jeder kann zur spirituellen Entwicklung gelangen und auf den Ebenen der Dimensionen neue Ebenen erreichen. Wo Sie sich Ihre Existenz vorstellen und sich mit dem universellen Gesetz, der Liebe, identifizieren können. Dort können Sie in und mit Jesus leben. Können Sie mit der Gemeinschaft kommunizieren? In Liebe dienen, auf dem Weg der Liebe weitermachen. Neue Ansichten, Einsichten und Verständnis sind für die Entwicklung und den Fortschritt erforderlich. Was wir falsch gemacht haben, können wir korrigieren, den Fehler korrigieren und es in Zukunft anders machen. Es ist immer möglich, von vorne zu beginnen und sich selbst durch die Augen von Engeln und Gott zu sehen. Den Fehler zu erkennen und zu korrigieren ist nicht einfach. Sie können auf spiritueller Ebene helfen, Sie müssen sie nur fragen. Sie können im Gebet und in der Meditation fragen, mit Gott und den Engeln in Stille in sich selbst sprechen. Sie sind uns jetzt näher als je zuvor. Sie können ihnen in jeder Situation helfen und sie führen. Sie sind immer bereit, sich zu Ihrer Hilfe zu beeilen.

Es gibt Helfer und Engel, die sich uns später anschließen und unsere Helfer und Berater werden. Deshalb schreibe ich als unsere Berater, weil wir entscheiden, ob wir zuhören und ihren Rat und ihre Anleitung annehmen.

Aber wenn wir mit ihnen kommunizieren, werden wir ihnen dankbar sein, und sie werden mit uns unterwegs sein. Dies wird unser Leben leichter machen, weil wir immer wissen, dass wir auf Hilfe zählen können und nicht allein sind. Wenn wir uns an unsere Kindheit erinnern, wissen Kinder auch, dass sie nicht allein sind, sie reden oft, und spielen sie mit ihren Gefährten, trösten sie sich. Dann wird dies von vielen vergessen, aber es sollte nicht so sein. Behalten Sie diese Fähigkeit bei, und lassen Sie sie nicht bei Kindern verloren gehen. Ich spreche oft mit Kindern wie meinem Cousin und sage mir, was seine Eltern nicht sagen können. Seine Mutter war meine Schwester, ich erzählte ihr von Engeln und Helfern, und nachdem sie offen geworden war, wurde ihre Beziehung zu dem kleinen Mädchen besser, damit wir auch unsere Kinder besser verstehen können. Heute werden geistig sehr entwickelte Seelen geboren, und es ist auch ihre Aufgabe, ihre Fähigkeiten zu bewahren. Geben Sie Ihr Wissen über die Geisterwelt weiter. Wenn Sie Ihrem Kind genau zuhören, über alles reden, ihm glauben, was Sie sagen, und nicht sagen, dass dort nichts ist usw., wenn Sie dies tun, dann verlieren Sie Ihre Fähigkeiten. Lassen Sie sich von ihm sagen, was es von ihm sieht, wahrnimmt und lernt. Verwenden Sie es nicht als Medium, sprechen Sie nicht mit Ihren verstorbenen Verwandten. Gehen Sie unbedingt mit solchen kleinen Kindern um, und bringen Sie ihnen bei, wie sie ihre Fähigkeiten entwickeln können. Sie erfüllen ihren Lebenszweck.

Zusammenführen von Ebenen, wie es vor ein paar Jahren war.

In Gottes Augen gibt es keine rassischen Unterschiede. Denken Sie bitte in diesem Geist, und tun Sie Ihre eigenen Dinge. Sie und wir, wir alle kommen vom selben Ort und haben denselben Ort, an den wir gehen. Die Liebe zueinander ist sehr wichtig. Lernen Sie, zusammen zu leben. Verliebt und nicht urteilend. Sehen Sie den Bruder des anderen, dass Sie alle zusammengehören. Sie sind technisch und in jedem Bereich bereits so weit fortgeschritten, aber in diesem Bereich müssen Sie sich noch weiterentwickeln und ändern. Bitte tun Sie dies einmal.

Schritt: Liebt einander. Diese Botschaft ist die wichtigste, die erste und die wichtigste. Du musst nicht gegeneinander kämpfen, alles ist genug, jeder ist gleich, und alles ist genug. Sieh das. In Gottes Augen sind alle gleich, liebst du alle gleich, und er möchte, dass du so schnell wie möglich zu ihm zurückkommst. Bis dahin kannst du nicht zu mir zurückkehren. Bis Sie das richtige Niveau erreicht haben. Sie möchten in Frieden und Liebe leben. Ihr Leben könnte einfach schön sein, wenn Sie in Liebe und Gleichheit lebten. Ergreifen Sie die damit verbundenen notwendigen Schritte. Heute, heute. Tun Sie es eins nach dem anderen, tun Sie es. Alles, was wir Ihnen sagen, ist nicht schwierig, die Schritte sind nicht schwierig, Sie sind bereits darauf vorbereitet. Gott bittet nie um etwas, was Sie nicht tun können. Die majestätischen Botschaften Gottes und der Engel erreichen Sie durch die Medien. Sie können alle als Medium und Funktion dienen.

Sie sind bereit zu schreiben, um unsere Botschaft weiterzugeben. Es mag für Sie selbstverständlich sein, für die meisten Menschen jedoch nicht. Deshalb erschreckt Sie alles, was wir sagen. Befolgen Sie unsere Anweisungen, um Ihre persönlichen Probleme zu beheben. Wir kennen die Antwort. Wir stehen Ihnen bei und helfen auch bei Veränderungen. Sie können unsere Präsenz spüren, indem Sie mit Ihnen durch Gedanken und Gefühle sprechen. Wir geben Ideen und Gedanken durch Ihren Kopf, die von uns kommen.

Schreiben Sie sie alle sorgfältig auf. Wir helfen Ihnen immer, fragen uns und beten besonders für Sie, weil Sie eine wichtige Rolle auf dieser Erde spielen müssen. Wir tragen Ihr Schicksal in unseren Herzen. Alte Paare finden sich wieder, die seit vielen Leben zusammen sind. Sie vereinen sich wieder. Das Gefühl war immer in Ihnen, aber Sie waren sich nicht sicher. Jetzt, wo du dich in dieser Form wieder getroffen hast, gab Gott es so, es war anderswo nicht möglich. Sie sind eine sehr offene Person, und Sie sind gut. Sie sind jetzt bereit für den Job. Sie haben technisch alles, damit Sie Ihren Job gut machen können. Ja, Sie wollten es wirklich immer. Weil du deinen Job machst, um hierherzukommen, bist du glücklich. Und außerdem bist du neben dem Mann, mit dem du immer zusammen sein wolltest. Trotzdem ziehen dich die Schwierigkeiten, die an dir in dieser Welt gemessen werden, oft runter. Bitten Sie öfter um unsere Hilfe, und wir werden hier sein und helfen. Fallen Sie nicht hin, sondern seien Sie ruhig, seien Sie in der Gegenwart. Die Lösung wird kommen, wenn Sie ruhig sind. Die meisten Probleme sind nicht real, nur geschaffen und Illusion. Meditiere, bete und mache Yoga, Bewegung ist dir auch wichtig, zum Beispiel schwimme. Entspanne dich, und entspanne dich mehrmals.

Bitte betonen Sie nicht, weil es Ihre Beziehung zu uns stört, das ist genau ihr Ziel, aber lassen Sie es nicht zu. Wir weisen Sie immer an und geben Ratschläge, was Sie akzeptieren und tun sollen. Sie tun dies nicht nur Ihnen, jedem, der wie Sie ist, mit ihnen. Sie sagen nachdrücklich, dass wir für Ihre Hilfe da sind. Wenn wir physisch eingreifen müssen. Und wenn Sie in Gefahr sind, werden wir davonlaufen. Wir waren dort, selbst als Sie fast im Meer ertrunken waren, und in jeder Situation, in der Sie in Gefahr oder krank waren und im Krankenhaus in der Nähe des Todes. Sie waren dort, wir waren immer dort. Und wir werden immer dort sein. Jetzt sind wir mehr bei Ihnen und helfen Ihnen, Ihre Mission zu erfüllen.

Als wir Ihnen die Botschaften übermittelten, haben Sie meistens verstanden, aber nicht immer. Stellen Sie jetzt sicher, dass dies nicht geschieht. Hören Sie uns zu, und meditieren Sie jeden Tag, und beten Sie jeden Tag. Dies wird Ihnen helfen, im Geist zu sein und zu verstehen, was wir senden, damit Sie sehen können. Seien Sie als Kind kindisch, und glauben Sie, was Sie sehen und denken. Glauben Sie an Ihre Ideen und Inspirationen. Sie wurden nicht mit religiösen Dogmen infiziert, weil

Sie sich von ihnen ferngehalten haben, sodass Sie leichter akzeptieren können, was wirklich ist.

Viele Menschen möchten Ihnen ihre Geschichten, ihre Botschaften, von ihren verstorbenen Verwandten, ihren Freunde erzählen, wie es wirklich ist. Wenn Sie möchten, können Sie ihnen zuhören. Es liegt an Ihnen, ob Sie für ihre Botschaften offen sind.

Sie müssen dankbar sein, dass Sie noch am Leben sind. Wir wollten Sie vor Jahren mitnehmen, weil Sie zu gut für diese Welt waren. Aber Sie haben sich entschieden, wegen Ihres Sohnes hierzubleiben. Sie haben sich entschieden, nachdem wir Ihnen gezeigt haben, dass Sie Five aufwachsen sehen können, wenn du bei ihm bleibst, aber du kannst nicht immer bei ihm sein, wenn du kommst und was sich daraus ergibt, dich nicht zu kennen. Er wäre eine andere Person gewesen. Weil du deinen Sohn aufgenommen hast, musstest du so bei ihm bleiben, also war er besser. Zu viel für dich, und du würdest lieber gehen. Du entscheidest, wir geben dir die Möglichkeit zu entscheiden, ob du bleibst oder kommst. Wir wissen, dass du anders entscheiden wirst, weil derjenige, den du liebst, bereits hier ist. Aber er ist immer bei dir, in Gedanken und oft in der Gegenwart.

Sie sehen in Ihren Träumen, wenn Sie neben Ihrem Bett aufwachen, Sie fühlen, wenn Sie wach sind und es Sie berührt. Wir werden Ihnen helfen, diese Beziehung mit ihm zu leben. Wir hoffen, dass Sie sehr glücklich sind.

Drücken Sie Ihre Gefühle aus, erleben Sie die Gefühle, weil sie real sind. Es wird aus dem schwer Fassbaren greifbar, vertrauen Sie ihm einfach. Wir werden vorhersagen, was passieren wird, weil Sie oft gefragt haben, was der nächste Schritt in dieser Beziehung ist.

Wie unverständlich wir Sie lieben. Nach dem, was Sie von Menschen auf der Erde bekommen, können Sie es jetzt nicht einmal verstehen, Sie haben fast vergessen, wie wahre Liebe ist. Wir lieben Sie mit wahrer Liebe, so wie Sie sich immer danach gesehnt haben, aber Sie haben es hier nie. Deshalb vermissen Sie es so sehr. Besonders weil unbewusst immer in dir Bewusstsein war und die Erinnerung daran, wie es über uns war, in wahrer Liebe. Jeder setzt dieses Gefühl fort, wir verstehen nicht, warum. Wie wunderbar es wäre, wenn sich alle daran erinnern würden, wie gut es sich anfühlt, zu geben und zu empfangen. Wir möchten, dass jeder Sie mit dieser Botschaft erreicht und sich tief in Ihre Herzen schmiegt. Es wird verständlich sein, dass jeder vom Schöpfer gleich geschaffen wurde und dass wir uns jetzt gleich behandeln sollten? Jeder könnte gut leben, weil es genug von allem auf der Erde gibt. Geld ist genug da, jeder könnte gut leben und körperliches Wohlbefinden erreichen und auch alle Informationen für das geistige Wohlbefinden haben. Machen Sie sich also keine Sorgen, seien Sie nicht machtgierig und bemühen Sie sich nicht, andere mit Füßen zu treten. Helfen Sie sich gegenseitig, alle gleich zu leben. Das bedeutet nicht, dass einer arbeiten, der andere nur seine Hand für das Geld offen halten sollte, sondern jeder sollte dafür arbeiten. Es gibt Möglichkeiten für jeden, anders zu denken, und Sie werden Ihren Weg zum Wohlstand finden. Denn dadurch entwickelst du dich geistig, suchst etwas, das Freude und Liebe bringt.

5. Spirituelles Lernen

Sie verursachen große Trauer, wenn Sie nicht ineinander verliebt sind, wenn Sie nicht das tun, was Sie versprochen haben, bevor Sie geboren wurden. Wir sind traurig, wenn Sie sich gegenseitig verletzen, bestrafen und verkrüppeln usw.

Sie sind alle wieder heruntergekommen, weil Sie lernen müssen, sich gegenseitig zu helfen, sich zu entwickeln, verliebt zu sein und einander gleich zu behandeln, unabhängig von Geschlecht, Rasse und anderen Unterschieden. Sie haben vergessen, woher Sie kamen und warum Sie kamen. Hören Sie nach innen, was das innere Selbst sagt, derjenige, der alles weiß und eine Beziehung zum Göttlichen hat. Nachts erhalten Sie Rat, Führung, und tagsüber stürzen sich die Engel in Ihre Ohren, und dennoch achten Sie nicht darauf. Wenn alle offen wären für ihn, wären die beiden Welten, die Erde und der Himmel, wie im Goldenen Zeitalter ein Ausrutscher. Es gibt noch mehr, aber Sie sind unterwegs. Sie werden immer Nachrichten über Ihre Vermittler an verschiedenen Orten erhalten, wie Sie es bisher getan haben, was Ihrer Entwicklung helfen wird.

Ursprünglich ist jeder ein Ansprechpartner, jeder weiß, wie man sich mit dem Göttlichen verbindet, denn dort kommst du her. Halt einfach nicht die Klappe, löse deine Blockaden, deine Ängste auf.

Ich hatte auch Blockaden, ich musste mich aufarbeiten und die Dinge selbst überwinden. Jeder hat Schwierigkeiten in diesem Leben, aber jeder hat Fortschritte gemacht.

Ich konnte nie verstehen, warum sie zerquetscht werden sollten. Wenn Sie nach innen schauen würden, würden Sie das Außengeräusch nicht hören und Ihre Gedanken würden nicht verschwinden. Wenn Ihre Ohren klingeln, oder Sie einen leichten Druck spüren, werden Sie sagen, dass sie Ihnen etwas Wichtiges senden möchten. Sie können es nur von dem hören, der nicht auf die sichtbaren Dinge achtet, sondern auf das, was dahintersteckt. Innere Stille ist sehr wichtig, um sich zu vertiefen. Sie führt zum Innersten, zur wahren Wahrheit. Sie haben mit dem Universum und allem Verbindung. Wenn Sie dort ankommen, werden Sie keine Fragen mehr haben, Sie werden die Antwort selbst kennen. Wer fragt, ist sich nicht sicher, was er bereits weiß. Sie wissen sicher, wann Sie ankommen werden. Es verursacht Unsicherheit und Verwirrung, aber darüber hinaus wird Ihnen alles leicht und klar sein. Ich musste die größten Tiefs durchmachen. Als ich mich entschied, ich schreibe meine Gedanken auf, bestätigten meine spirituellen Helfer und Engel, dass ich das tun musste. Weil ich früher, als ich 17 war, gerade angefangen habe zu schreiben, steckte ich einfach fest und bin auf andere Weise verirrt. Ich machte einen großen Umweg, aber sie brachten mich zurück zu meinem 17. Lebensjahr. Natürlich ist es anders, weil ich Erfahrung in Dingen und viele Dinge erlebt habe.

Es gibt einige Dinge, die ich gerne übersehen hätte, aber es war Teil meiner Entwicklung, zu dem, was ich heute bin.

6. Spirituelle Entwicklung

Mit den Jahren denke ich zunehmend, dass ich etwas an mir verbessern muss, und ich bin gerade unterwegs. Ich meine, ich glaube nicht, dass ich noch angekommen bin.

Und der Grund, warum ich mich für dieses Buch entschieden habe, ist nicht, dass ich glaube, etwas besser zu wissen als jeder andere, sondern dass ich geschrieben habe, um Menschen ein Beispiel dafür zu geben, wie sie sich durch Glauben und Ausdauer verändern und aus schwierigen Situationen herauskommen können. In unserer Kreatur, die sich jeden Tag um uns kümmert. Leider gibt es diejenigen, die nicht so denken, aber glauben Sie mir, das ist richtig. Meine Helfer helfen mir auch bei meiner Blockfreigabe. Werden auch gebeten, diese Therapien zu erkennen und anzuerkennen. Energiebehandlungen, Psychiatrie und Liebesbehandlungen.

Sie sollten Ihre Heilbehandlungen erneuern, es wäre viel effektiver. Liebesbehandlungen bestehen darin, mit dem Patienten zu sprechen und Liebe zum Herzen auszustrahlen vom Chakra zum Herzchakra … Sehr effektiv, auch bei psychischen Erkrankungen und anderen Problemen, denn Liebe, Hass und Bestrafung können mit Liebe behandelt werden, es ist kranke Glut, die in einem dafür eingerichteten Krankenhaus mit Liebe behandelt werden muss. Es gibt noch nichts dergleichen auf der Erde, aber Sie werden bald erkennen, dass es notwendig ist. Bringt aus der Sünde heraus, nur Liebe bringt aus Problemen hervor. Mein Wunsch ist einer nach Frieden auf der Erde und auch im Universum, damit alles mit allem vereint und nicht getrennt werden kann. Viele Menschen kommen und werden geboren, um Menschen über Liebe zu unterrichten. Und helfen Sie bei der spirituellen Entwicklung des Volkes. Schätzen Sie diese Delegierten, und bleiben Sie nicht verärgert.

Sie kommen mit Liebe, nehmen diese Schwierigkeit an, dass sie in dieses Medium kommen, und versuchen, sich zu integrieren und mit Ihnen zu leben. Sie stammen aus einem völlig anderen

Medium, sie kennen Hass und Ihre Gesetze nicht, nichts. Sie müssen alles lernen, manchmal scheitert ihre Mission, oder Sie müssen zuerst gehen wegen der Turbulenzen und der Gefahren, die hier unter Ihnen unter ihnen lauern. Ich sage Ihnen, seien Sie allen gegenüber liebevoll, denn das ist das Gesetz.

7. Über Selbstverwirklichung

Oft sehen wir, dass es für Sie schwierig ist, an sich selbst zu glauben und zu erkennen, was Sie erreichen wollen.

Wisse, dass du alle wundervolle Kreaturen bist und das Recht hast, in allen Dingen reichlich vorhanden zu sein, so viel du brauchst. Aber alles ist genug, damit niemand unter nichts leidet. Jeder hat die gleiche Chance, eine Lösung für ein besseres Leben zu finden, jeder bekommt die Gelegenheit, nur nicht jeder sieht es in der gegebenen Situation, weil er etwas anderes erwartet hat. Wir müssen unser Denken ändern, weil die Welt auf uns wartet. Wer kann nicht? Ich habe es immer geliebt, anderen Menschen zu helfen, damit ich anderen helfen kann, die Möglichkeit einer Veränderung zu erkennen. Finden Sie Ihren eigenen Weg. Der einfachste Weg, unser Denken zu ändern, besteht darin, sich nicht zu erlauben, weiterhin der falschen, dysfunktionalen Denkweise zu folgen.

Machen wir es anders! Fangen wir heute an! Vergessen Sie, dass Sie kein Geld verdienen können, wenn Sie spirituell sind. Es ist eine schlechte Sache. Falsche Programmierung, was dir beigebracht wurde. Entleere die negativen Einstellungen, und du wirst Gelegenheiten anziehen, und du wirst sie sehen. Es ist so einfach, du musst dich nur ändern, und jetzt sage ich nicht extern, sondern intern.

Sei immer im Gebet, und konzentriere dich in dir, und dann werden Ideen und Inspirationen kommen. Du kannst tief gehen und da raus. Nichts ist unmöglich, gib einfach nicht auf. Sei hartnäckig! Ich bitte immer um die Hilfe meiner Helfer, ich empfehle dir, dies und das zu tun. Sie werden Ihnen zeigen, wohin Sie gehen und wohin Sie unterwegs sein müssen. Auf Ihrem eigenen Weg. Ich habe zuvor beschrieben, wie dies zu tun ist. Jeder kann es tun. Wenn Sie Hilfe benötigen, fragen Sie einen spirituellen Leiter, aber wissen Sie, dass Sie es alleine tun können. Ihr Vertrauen in sich selbst. Es ist auch sehr wichtig, an uns selbst zu glauben. Was Ihnen alles klar wird, das kann nicht von einem Moment zum nächsten sein, weil jeder ein anderes Zeitintervall hat, sondern Sie müssen alles erfassen, um klar zu werden und alles langsam oder schnell zu verstehen. Es spielt im Grunde keine Rolle. Schreiben Sie Ihren Fortschritt in Form eines Tagebuchs auf. Schreiben hilft Ihnen, sich mit sich selbst und dem Universum zu verbinden. Mit Engeln und der Geisterwelt. Um den Tag der Nenzen herum und an diesem Tag fühlte ich eine sehr starke Verbindung mit der Geisterwelt. Die Tore öffnen sich ... Es ist viel einfacher, sie zu kontaktieren als gewöhnlich. Mach dir keine Sorgen um sie, denen es gut geht, und denke mit Liebe an diejenigen, die hiergeblieben sind. Wenn es etwas gibt, das sie bereuen mussten, haben sie es bereits bereut und bedauern, nicht mehr Zeit mit ihnen verbracht zu haben. So lange wie möglich mit ihren Lieben. Manche Menschen bedauern, was sie in ihrem Leben nicht getan haben, aber wollten, doch nicht wagten, und auch, wenn sie etwas verdarben oder nicht gemäß ihrer Mission lebten, die Aufgaben, die im Leben übernommen wurden. Sie wollen sich mit den hier lebenden Verwandten verbinden, aber sie können nicht, weil die Menschen sie nicht hören oder nicht an ihre Existenz glauben. Wenn es so sein wird, dann ist es nach dem Leben in der spirituellen Welt, wo wir weiterleben. Es ist wichtig, unsere Lebensaufgabe zu erfüllen und in Liebe zueinander zu wandeln. Die spirituelle Entwicklung sollte für alle wichtig sein.

8. Kommunikation in höhere Dimensionen

Jeder liebt seine Familie immer noch und vergisst sie nicht, denn dann werden Sie sich nach dem Leben wiedersehen. Kennen Sie diese, und suchen Sie nach Verbesserungsmöglichkeiten. Ich möchte wirklich, dass ihre Botschaft alle erreicht. Diejenigen, die es lesen, werden es verstehen. Ich habe die Botschaften immer nur an einen engen Freundeskreis weitergegeben. Diese Dimensionsebenen existieren wirklich und glauben an sie. Kommunikation und Wasser ist ein sehr wichtiges Element für die Menschen.

Wir haben gesehen, wie du aufgewachsen bist, und wir waren immer für dich da, wenn du uns brauchtest. Auch wenn du nichts über uns wusstest und uns nicht angerufen hast. Wir sind, wer wir deine Erzengel waren, dann haben sich deine Helfer uns angeschlossen. Das verwirrte uns, aber Sie wussten, wer wir waren. Er erklärte es Ihnen nicht, weil er überhaupt nicht kannte, dass jeder es kann.

Aber die meisten von Ihnen sind nicht in der Lage, dies zu glauben und sich daran zu hindern, wie an allem anderen in Ihrem Leben. Was Sie sich als wahr vorstellen, wird Ihnen passieren. Leider ist das Leben eines jeden Menschen mit Medienkompetenz in Ihrer Welt schwierig, selbst heute macht es Ihr Leben schwierig. Denken Sie daran, wir sind immer bei Ihnen, bitten um Hilfe, und die ganze Armee des Himmels wird Ihnen helfen. Sie gehen mit Dingen um, Menschen gut. Sie sind sehr vorsichtig mit ihnen, weil Sie genau wissen, was dahintersteckt, was Menschen sagen oder tun. Sie haben diese Fähigkeit, und mit etwas Übung können Sie Ihr Wissen vertiefen. Sie haben auch die Kraft zu heilen. Sie konnten noch nie vor anderen sprechen, also haben Sie sich entschieden zu schreiben. Das stimmt. Wir fragen nicht einmal nach etwas, das anstrengend ist oder das Sie nicht mögen. Sie wissen, dass etwas Ihre Lebensaufgabe ist, die Sie gerne tun.

Sie wollten über höhere Ebenen schreiben, um Botschaften zu vermitteln. Höhere Ebenen basieren auf Liebe und Entwicklung.

Wir bleiben nicht in den niedrigeren Ebenen stecken, sondern entwickeln uns und gehen weiter. Wir übernehmen eine wichtige Lebensaufgabe und kommen damit auf die Erde. Um den Menschen etwas Neues beizubringen oder ihnen zu helfen, geistig zu wachsen. Es ist oft notwendig, von höheren Ebenen geboren zu werden. In diesem Fall machen wir uns nach genauer Planung und Vorbereitung auf der Grundlage genau geplanter Aufgaben auf den Weg. Wie viel wir uns erinnern werden? Normalerweise erinnern wir uns an viele Dinge im Erwachsenenalter. Und wir verlieren unsere Fähigkeiten nicht wie die meisten Kinder während des Wachstums. Selbst als Sie 11 Jahre alt waren, als Sie Ihre Eltern nach entfernten Dimensionen fragten, erinnerten Sie sich, woher Sie kamen. Sie erinnerten sich an nichts, und sie taten es nicht. Sie wussten immer, dass Sie nicht Ihre wirklichen Eltern waren, Sie wurden nur geboren, um ihnen und Ihrer Familie zu helfen. Sie konnten auf einer bestimmten Ebene, aber sie waren nicht offen genug. Jeder hat einen anderen Entwicklungsprozess. Aber Sie machen sich darüber keine Sorgen. Entscheide, auf welcher Ebene du leben möchtest.

Hier und da gibt es einen freien Willen. Obwohl Sie gerne den freien Willen des anderen einschränken, was nach den Gesetzen des Universums nicht richtig und illegal ist. Die Selbstverwirklichung muss von jeder Person persönlich mit einer anderen Denkweise initiiert werden.

Zusätzlich zu Ihrer Familie können Sie dies nur tun, wenn Sie abends, wenn alle schlafen, zur Seite treten können. So können Sie Ihre Familie geistig unterrichten, was die Grundaufgabe von Frauen ist. … Wir sind immer da, wenn wir müssen, aber in vielen Fällen können wir nur nach Ihren Anfragen helfen oder eingreifen. Sie sollten keinesfalls damit rechnen, wie Sie auf diese Anfrage reagieren sollen. Wir wissen, wie wir Ihnen am besten helfen können, wir werden die Situation vollständig sehen.

Wir gestalten Ihr Leben immer so, wie es Ihnen am besten passt. Bis, dass Sie wissen, was Sie richtig wissen, lernen, sich selbst zu vertrauen. In dem Land, in dem Sie sich jetzt befinden, sind Sie nicht am besten. Wir bitten Sie, von dort fortzufahren. Du musst dein Leben dort leben, es war nicht einmal im Plan. Wir bitten dich, immer zu beten und um unsere Hilfe zu bitten. Das haben sie dir angetan, du weißt, wem du deinen Namen nicht schreiben willst. Und Sie sind etwas Besonderes für uns, ein sehr sensibles Medium.

9. Spirituell werden

Sie sprachen wieder mit mir, sie sagten, es wäre immer meine Lebensaufgabe gewesen, zu schreiben, aufzuschreiben, was durch Inspiration und Gedanken von ihnen kommt. Wer sind sie wirklich? Jesus und die Engel, spirituelle Helfer, der Geist eines berühmten Künstlers, eines Arztes und dergleichen. Ich habe mir geschworen, nur das Gute zu hören und zu sehen und nur das aufzuschreiben, was konstruktiv ist. Wenn jeder auf der Welt so denken würde, wie anders wäre es, und alles würde sich plötzlich ändern. Ich versuche zu schreiben, was ich von himmlischen Botschaften an Menschen, an alle weitergeben kann, damit ich Veränderungen in der Welt fördern kann. Die Welt kann sich nur durch Menschen verändern, wenn jeder bereit ist, sich zu verändern und Liebe zu empfangen und weiterzugeben. An andere Menschen weitergeben bedeutet, in andere Menschen verliebt zu sein. Die heutige Welt braucht das immer noch, wir haben es anscheinend nicht oft genug gesagt. Bisher haben viele Menschen unsere Botschaften vor und zu Ihrer Zeit übermittelt, aber viele Menschen ignorieren unsere Botschaften immer noch. Es ist ein großes Problem, und Sie müssen verstehen, warum wir es sagen. Zuallererst seid ihr alle von einem Ort gekommen und an einen Ort zurückgekehrt. Und was in der Zwischenzeit passiert, d. h. die auf der Erde verbrachte Zeit, hat großen Einfluss darauf, was mit euch geschehen wird, wenn ihr auf die höheren Ebenen zurückkehren wollt, das heißt, für Gott. Ihre Handlungen haben auch großen Einfluss darauf, wie Sie die Reihen der Lebenden aufgrund des Gesetzes von Ursache und Wirkung verlassen. Nicht weil es jemand sagt, verstehen Sie mich nicht falsch, sondern weil es das Gesetz ist. Wenn Sie verstehen, wird es nicht nur auf der Erde sein. Ihre Sachen sind besser, aber selbst nachdem Sie Ihre physische Existenz verlassen haben, ist es uns sehr wichtig, ineinander verliebt zu sein, von kleinen bis zu großen Familien. Gruppen, Nationen, einschließlich der gesamten Menschheit, mit allen. Es gibt gemeinsame Interessen daran, also sind Sie hier und jetzt zusammen. Sie müssen lernen, zusammen zu leben und sich nicht gegenseitig zu verletzen.

Wir sind erstaunt darüber, was Sie heute testen. Sie sind bereits ziemlich weit fortgeschritten, Sie wissen viel, aber Sie können sich immer noch nicht lieben, es gibt große Komplikationen und Morde aufgrund von Rassismus und anderen Unterschieden. Wir wollen das nicht sehen, ändern Sie das!!! Wenn du das tust, ist das das Einzige, was wir wirklich von dir verlangen. Andere Außerirdische werden dich beobachten, und sie werden eingreifen, wenn du musst, weil wir nicht zulassen können, dass du die Erde zerstörst. Sie sind auch Gottes Geschöpfe und tun, was sie tun müssen, wenn sie müssen. Wir senden Boten, Engel und andere Wesen herab, die Sie gestört und getötet, belästigt haben, obwohl wir sie mit Liebe herabgesandt haben. In Ihrem Interesse. Die Menschen leben in Angst und isolieren sich so von der spirituellen Entwicklung. Jetzt schreiben wir darüber, wie wir dies lösen und entsprechend leben können.

Der Geist braucht Ruhe, und durch Gebet und Meditation kann man schnell einen Zustand der Ruhe erreichen.

Als ich meinen Körper verließ und dieses Selbst verließ, musste ich viel meditieren, weil ich die Traurigkeit und Angst der Menschen fühlte und darüber meditierte, damit ich überhaupt ruhig bleiben konnte. Und ich machte mir Sorgen um sie. Jetzt war alles für mich viel deutlicher wahrnehmbar, und ich sah alles genau und sah und fühlte und nahm auch nicht nur. Ich wollte, dass Sie die Gefühle kennen, die ich erlebte, und Sie werden alles auf ähnliche Weise erfassen wahrzunehmen, die Gefühle wiederzugewinnen, die Sie anderen verursacht haben.

Ich war viel mit einem bestimmten Mädchen zusammen, das gerade dieses Buch schreibt. Ich musste ihr helfen, das zu ertragen, was mir passiert ist. Es gelang mir mit weniger Erfolg. Oft zeigte ich ihr auch körperlich, dass ich an ihrer Seite war. Ich möchte nicht sagen, wer ich bin. Denn ich habe die Öffentlichkeit in meinem Leben nicht geliebt, und wenn sie Dinge über mich wissen. Wir haben uns ineinander verliebt. In der Zwischenzeit wurde mir klar, dass ich es von klein auf wusste, aus unserem gemeinsamen Leben. Diese Botschaft ist mir wichtig, ich kann sie endlich weitergeben, damit Sie wissen, was Sie denken und fühlen, ist wahr.

Der Zweck, anderen zu helfen, ist ein vornehmes Ziel. Wir helfen Ihnen dabei. Bitten Sie einfach immer um unseren Segen und um Hilfe. Sie können zu allem fragen, jederzeit fragen, wir sind bei Ihnen, und wir sind immer bereit für sofortige Hilfe. Sie sind eine sehr freundliche Person Gottes, wir haben Sie immer sehr geliebt. Und wir waren immer an deiner Seite. Dieses Licht, das in dir ist, und du musst Liebe an andere Menschen weitergeben, wo immer du bist. Wir wissen, dass du nicht lange auf der Erde sein willst, gerade weil es für dich dort sehr schwierig ist. Wir sind immer bei dir und geben dir Trost. Sie behandeln auch andere solche Navels so, als wären Sie etwas Besonderes. Sie sind sich immer Ihrer Lebensaufgaben bewusst und auch, wie sie erledigt werden können. Wir beschuldigen Sie immer, keine Sorge. Öffnen Sie die Menschen für die wichtigen Dinge, die Nachrichten verbreiten sich heute sehr schnell. Im Internet sollten sich diese Nachrichten auch schnell wie ein Lauffeuer verbreiten, da sie die wichtigste Botschaft von allen sind. Ruhe, mach Yoga. Der Job Ihrer Zeit wird kommen.

Wir wissen, dass Sie bereit sind, die Dimensionen zu überschreiten. Sie müssen die Botschaften auch an die Menschen weitergeben. Sie müssen lernen, sich bewusst darauf vorzubereiten. Weil wir uns bewusst auf unsere Geburt vorbereiten und auch bewusst auf unseren Tod vorbereitet sein müssen. Wenn wir nur überqueren, wird unser Ziel erreicht. Wie weit wir von dort entfernt sind. Im Verlauf unserer Entwicklung erfahren wir unsere Beziehung zueinander, interagieren miteinander und suchen nach Partnern. Wir müssen lernen, bewusst nach Dingen in unserem Leben zu fragen und nach ihnen zu suchen, nach unserem Partner. Sie meiden sich gegenseitig, aus irgendeinem Grund möchten Sie sich nicht mit dem richtigen verbinden, aus irgendeinem Grund, oder die Situation ist nicht richtig für Sie, oder Sie haben sie noch nie gesehen. Wenn Sie dann den falschen wählen, beschuldigen Sie Gott, etwas ruiniert zu haben. Sie müssen im Leben bewusster sein, sich öffnen in Richtung Spiritualität, und sieh zu, dass du dein eigenes Leben kontrollieren kannst. Du hast einen Führer, aber dir wird beigebracht, dass du einen Führer brauchst. Du brauchst keinen Führer. Ich bin in einer Welt und einer Familie mit viel Rassismus, Rassendiskriminierung und Hass aufgewachsen. Ich bin in einem Land wie diesem aufgewachsen, aber Gott sei Dank bin ich immer noch anders. Im Gegensatz zu den anderen habe ich nicht vergessen, woher ich eigentlich komme. Die meisten meiner Verwandten sind ohne Glauben Sie sind auf einem niedrigen Niveau, in dem Land, aus dem ich gekommen bin, und ich fühle mich dort nicht gut. Ich habe nicht das Gefühl, dass ich dort leben sollte. Ich habe versucht, ihnen zu helfen, darüber zu sprechen, woher wir kamen und wohin wir gehen, aber die Wahrheit ist weit von ihnen entfernt, sie können sich nicht anpassen. Sie werden immer wieder hierher zurückkehren müssen, und ihnen werden immer schwierigere Lebensaufgaben gestellt, um sich zu verbessern. Wofür ist es gut? Ich frage immer. In der heutigen Welt gibt es im 21. Jahrhundert solche Probleme, dass wir uns nicht akzeptieren können, wir hassen uns gegenseitig und töten uns einander … Wie niedrig sind diese Leute, die das tun. Ändere dich, um deinetwillen. Wer fühlt sich jetzt überwältigt? Wenn Sie sie abstauben, wird es ganz unten sein … Alles kommt zu Ihnen zurück, was Sie testen. Die Botschaft der Liebe ist das Wichtigste. Es hat nicht gereicht, wie oft wir sie gesendet haben. Wir machen uns Sorgen um Ihr Schicksal, aber Sie verstehen es nicht. Sie möchten nicht verstehen, dass wir eins sind und jeder eins ist. Einer ist auch Gott und nicht geteilt, wie Sie sagen. In einer Religion sagt er dies, in einer anderen sagt er das: Er sagt immer, dass die gleiche Liebe zueinander für ihn am wichtigsten ist. Ihre Gesetze sind nicht richtig. Nicht einmal Ihre Systeme, Sie müssen noch viel verbessern …

Lassen Sie sich nicht zu sehr zurücklassen. Kämpfe, Widersprüche und Kriege um Religionen und Rassenunterschiede sind unnötig. Sie töten zu diesem Zeitpunkt Ihre eigenen Brüder und

Schwestern. Wir sind alle Brüder, und Gott ist einer. Ich sehe, dass es selbst in der heutigen Zeit nicht ganz klar ist. Bis dahin dachten wir, Sie wären intellektuell schon ziemlich weit fortgeschritten. Wir geben Botschaften von höheren Ebenen weiter, und es ist wichtig, dass Sie sich an sie halten. Öffnen Sie sich dafür, seien Sie offen für das, worüber wir sprechen, denn Sie werden es nur offen verstehen.

Verfolge deine Brüder nicht, sondern liebe jeden, und strebe nicht danach, über sie, über irgendjemanden zu herrschen. Strebe nicht danach, Macht über andere auszuüben. Jeder ist gleich, und jeder unterliegt gleichermaßen dem Gesetz Gottes entsprechend.

Wir kommen gerne herunter und lehren Sie, verfolgen, entstauben Ihre Delegierten, wir sind Ihnen immer noch gnädig. Ihre Welt muss sich ändern. Sie bekommen immer Hilfe, Sie sind nie allein. Um dies so schnell wie möglich zu erreichen, tun Sie es selbst.

Hier bei uns sind alle gleich, mit gleichen Chancen, gleichen Verdiensten in ihrer Arbeit, niemand ist ausgeschlossen. Wir müssen auch hier arbeiten, jeder kann sich hier bei uns nützlich fühlen. Wir möchten, dass Sie es auch haben.

Achten Sie auf unsere Botschaften, denn auch danach wird es viel wichtiger zwischen ihnen sein. Unser Bruder ist bereit, die Botschaften weiterzugeben. Wir freuen uns für ihn. Er hat bisher einen langen Weg zurückgelegt. Hilfe, sie sind bei Ihnen und können Ihnen bei allem helfen, wenn Sie in Schwierigkeiten sind oder Hilfe benötigen. Rufen Sie sie einfach kühn an, wie Sie es zuvor gesagt haben. Aus der Geisterwelt ist es keine schöne Sache. Machen Sie einen Film über das, was wir übermitteln, weil die Menschen die Konsequenzen ihrer Handlungen sehen müssen, um unsere Botschaft an alle weiterzugeben. Änderungen treten auf; wenn Sie an alle gelangen, liegt eine große Verantwortung gegenüber den Medien dafür vor. Da Sie eine große Rolle spielen müssen, steckt viel Verantwortung darin, was große Konsequenzen hat.

Was wir zum Zeitpunkt unseres Todes und darüber hinaus durchmachen, hängt weitgehend davon ab, welche Art von Menschen wir waren und welche Art von Beziehungen und Gefühlen wir mit unseren Mitmenschen aufbauen konnten.

Wir konnten in Liebe leben, anderen helfen und jede Nation respektieren. Wir müssen alles lernen. Es gibt diejenigen, die so geboren sind, dass sie Gefühle, Gedanken und Wissen aus dem vorherigen Leben haben. Diese werden Menschen mit einer höheren Schwingungsebene genannt. Sie lehren andere. Sie helfen dir zu erwachen, um die Realität von dir selbst zu finden. Das wahre Wesen, das in dir ist. Lassen Sie sich offen für dieses höher bewusste Wesen auf einem höheren Wissensniveau, das immer in Ihnen gelebt hat. Das kam von den Höhen, um sich weiterzuentwickeln, um noch höher zu werden. Beschränken Sie Ihre Entwicklung nicht. Wir sehen Sie so oft, dass Sie sich auf viel mehr beschränken können, als Sie denken. Sie entwickeln Moral. Das ist sehr wichtig, man muss zusammen leben und sich entwickeln. Akzeptiert einander, kämpft nicht gegeneinander, weder Mann und Frau gegeneinander, noch ein Volk gegeneinander. Es ist deine gemeinsame Lebensaufgabe, dies jetzt zu lernen. Jetzt ist die Zeit dafür Jeder lernt. Sie entwickeln sich technisch, Sie entwickeln sich in allen Bereichen, Sie entwickeln sich auch spirituell. Sehen Sie nur das Gute, tun Sie einfach das Gute.

Sie sehen, auf diese Weise wird alles besser, wenn Sie so testen.

10. Bewusstsein

Jeder liebt seine Familie immer noch und vergisst sie nicht, denn dann werden Sie sich nach dem Leben wiedersehen. Kennen Sie diese und suchen Sie nach Verbesserungsmöglichkeiten. Ich möchte wirklich, dass ihre Botschaft alle erreicht. Diejenigen, die es lesen, werden es verstehen. Ich habe die Botschaften immer nur an einen engen Freundeskreis weitergegeben. Diese Dimensionsebenen existieren wirklich und glauben an sie. Kommunikation und Wasser ist ein sehr wichtiges Element für die Menschen.

Wir haben gesehen, wie du aufgewachsen bist, und wir waren immer für dich da, wenn du uns brauchtest. Auch wenn du nichts über uns wusstest und uns nicht angerufen hast. Wir sind, wer wir deine Erzengel waren, dann haben sich deine Helfer uns angeschlossen. Das verwirrte uns, aber Sie wussten, wer wir waren. Er erklärte es Ihnen nicht, weil er überhaupt nicht kannte, dass jeder es kann.

Aber die meisten von Ihnen sind nicht in der Lage, dies zu glauben und sich daran zu hindern, wie an allem anderen in Ihrem Leben. Was Sie sich als wahr vorstellen, wird Ihnen passieren. Leider ist das Leben eines jeden Menschen mit Medienkompetenz in Ihrer Welt schwierig, selbst heute macht es Ihr Leben schwierig. Denken Sie daran, wir sind immer bei Ihnen, bitten um Hilfe, und die ganze Armee des Himmels wird Ihnen helfen. Sie gehen mit Dingen um, Menschen gut. Sie sind sehr vorsichtig mit ihnen, weil Sie genau wissen, was dahintersteckt, was Menschen sagen oder tun. Sie haben diese Fähigkeit, und mit etwas Übung können Sie Ihr Wissen vertiefen. Sie haben auch die Kraft zu heilen. Sie konnten noch nie vor anderen sprechen, also haben Sie sich entschieden zu schreiben.

Das stimmt. Wir fragen nicht einmal nach etwas, das anstrengend ist oder das Sie nicht mögen. Sie wissen, dass etwas Ihre Lebensaufgabe ist, die Sie gerne tun.

Sie wollten über höhere Ebenen schreiben, um Botschaften zu vermitteln. Höhere Ebenen basieren auf Liebe und Entwicklung. Wir bleiben nicht in den niedrigeren Ebenen stecken, sondern entwickeln uns und gehen weiter. Wir übernehmen eine wichtige Lebensaufgabe und kommen damit auf die Erde. Um den Menschen etwas Neues beizubringen oder ihnen zu helfen, geistig zu wachsen. Es ist oft notwendig, von höheren Ebenen geboren zu werden. In diesem Fall machen wir uns nach genauer Planung und Vorbereitung auf der Grundlage genau geplanter Aufgaben auf den Weg. Wie viel wir uns erinnern werden. Normalerweise erinnern wir uns an viele Dinge im Erwachsenenalter. Und wir verlieren unsere Fähigkeiten nicht wie die meisten Kinder während des Wachstums. Selbst als Sie 11 Jahre alt waren, als Sie Ihre Eltern nach entfernten Dimensionen fragten, erinnerten Sie sich, woher Sie kamen. Sie erinnerten sich an nichts, und sie taten es nicht. Sie wussten immer, dass Sie nicht Ihre wirklichen Eltern waren, Sie wurden nur geboren, um ihnen und Ihrer Familie zu helfen. Sie konnten auf einer bestimmten Ebene, aber sie waren nicht offen genug. Jeder hat einen anderen Entwicklungsprozess. Aber Sie machen sich darüber keine Sorgen. Entscheide, auf welcher Ebene du leben möchtest.

Hier und da gibt es einen freien Willen. Obwohl Sie gerne den freien Willen des anderen einschränken, was nach den Gesetzen des Universums nicht richtig und illegal ist. Die Selbstverwirklichung muss von jeder Person persönlich mit einer anderen Denkweise initiiert werden.

Zusätzlich zu Ihrer Familie können Sie dies nur tun, wenn Sie abends, wenn alle schlafen, zur Seite treten können. So können Sie Ihre Familie geistig unterrichten, was die Grundaufgabe von Frauen ist. … Wir sind immer da, wenn wir müssen, aber in vielen Fällen können wir nur nach Ihren Anfragen helfen oder eingreifen. Sie sollten keinesfalls damit rechnen, wie Sie auf diese Anfrage reagieren sollen. Wir wissen, wie wir Ihnen am besten helfen können, wir werden die Situation vollständig sehen.

Wir gestalten Ihr Leben immer so, wie es Ihnen am besten passt. Bis, dass Sie wissen, was Sie richtig wissen, lernen, sich selbst zu vertrauen. In dem Land, in dem Sie sich jetzt befinden, sind Sie nicht am besten. Wir bitten Sie, von dort fortzufahren. Du musst dein Leben dort leben, es war nicht einmal im Plan. Wir bitten dich, immer zu beten und um unsere Hilfe zu bitten. Das haben sie dir angetan, du weißt, wem du deinen Namen nicht schreiben willst. Und Sie sind etwas Besonderes für uns, ein sehr sensibles Medium.

11. Zu Gott zurückzukehren

Ich bin in einer Welt und einer Familie mit viel Rassismus, Rassendiskriminierung und Hass aufgewachsen. Ich bin in einem Land wie diesem aufgewachsen, aber Gott sei Dank bin ich immer noch anders. Im Gegensatz zu den anderen habe ich nicht vergessen, woher ich eigentlich komme. Die meisten meiner Verwandten sind ohne Glauben Sie sind auf einem niedrigen Niveau, in dem Land, aus dem ich gekommen bin, und ich fühle mich dort nicht gut. Ich habe nicht das Gefühl, dass ich dort leben sollte.

Ich habe versucht, ihnen zu helfen, darüber zu sprechen, woher wir kamen und wohin wir gehen, aber die Wahrheit ist weit von ihnen entfernt, sie können sich nicht anpassen. Sie werden immer wieder hierher zurückkehren müssen, und ihnen werden immer schwierigere Lebensaufgaben gestellt, um sich zu verbessern. Wofür ist es gut? Ich frage immer. In der heutigen Welt gibt es im 21. Jahrhundert solche Probleme, dass wir uns nicht akzeptieren können, wir hassen uns gegenseitig und töten uns einander ... Wie niedrig sind diese Leute, die das tun. Ändere dich, um deinetwillen. Wer fühlt sich jetzt überwältigt? Wenn Sie sie abstauben, wird es ganz unten sein ... Alles kommt zu Ihnen zurück, was Sie testen. Die Botschaft der Liebe ist das Wichtigste. Es hat nicht gereicht, wie oft wir sie gesendet haben. Wir machen uns Sorgen um Ihr Schicksal, aber Sie verstehen es nicht. Sie möchten nicht verstehen, dass wir eins sind und jeder eins ist. Einer ist auch Gott und nicht geteilt, wie Sie sagen. In einer Religion sagt er dies, in einer anderen sagt er das: Er sagt immer, dass die gleiche Liebe zueinander für ihn am wichtigsten ist. Ihre Gesetze sind nicht richtig. Nicht einmal Ihre Systeme, Sie müssen noch viel verbessern ... Lassen Sie sich nicht zu sehr zurücklassen. Kämpfe, Widersprüche und Kriege um Religionen und Rassenunterschiede sind unnötig. Sie töten zu diesem Zeitpunkt Ihre eigenen Brüder und Schwestern. Wir sind alle Brüder, und Gott ist einer.

Ich sehe, dass es selbst in der heutigen Zeit nicht ganz klar ist. Bis dahin dachten wir, Sie wären intellektuell schon ziemlich weit fortgeschritten. Wir geben Botschaften von höheren Ebenen weiter, und es ist wichtig, dass Sie sich an sie halten. Öffnen Sie sich dafür, seien Sie offen für das, worüber wir sprechen, denn Sie werden es nur offen verstehen.

Verfolge deine Brüder nicht, sondern liebe jeden, und strebe nicht danach, über sie, über irgendjemanden zu herrschen. Strebe nicht danach, Macht über andere auszuüben. Jeder ist gleich, und jeder unterliegt gleichermaßen dem Gesetz Gottes entsprechend.

Wir kommen gerne herunter und lehren Sie, verfolgen, entstauben Ihre Delegierten, wir sind Ihnen immer noch gnädig. Ihre Welt muss sich ändern. Sie bekommen immer Hilfe, Sie sind nie allein. Um dies so schnell wie möglich zu erreichen, tun Sie es selbst.

Hier bei uns sind alle gleich, mit gleichen Chancen, gleichen Verdiensten in ihrer Arbeit, niemand ist ausgeschlossen. Wir müssen auch hier arbeiten, jeder kann sich hier bei uns nützlich fühlen. Wir möchten, dass Sie es auch haben.

Achten Sie auf unsere Botschaften, denn auch danach wird es viel wichtiger zwischen ihnen sein. Unser Bruder ist bereit, die Botschaften weiterzugeben. Wir freuen uns für ihn. Er hat bisher einen langen Weg zurückgelegt. Hilfe, sie sind bei Ihnen und können Ihnen bei allem helfen, wenn Sie in Schwierigkeiten sind oder Hilfe benötigen. Rufen Sie sie einfach kühn an, wie Sie es zuvor gesagt haben. Aus der Geisterwelt ist es keine schöne Sache. Machen Sie einen Film über das, was wir übermitteln, weil die Menschen die Konsequenzen ihrer Handlungen sehen müssen, um unsere Botschaft an alle weiterzugeben. Änderungen treten auf; wenn Sie an alle gelangen, liegt eine große Verantwortung gegenüber den Medien dafür vor. Da Sie eine große Rolle spielen müssen, steckt viel Verantwortung darin, was große Konsequenzen hat.

Was wir zum Zeitpunkt unseres Todes und darüber hinaus durchmachen, hängt weitgehend davon ab, welche Art von Menschen wir waren und welche Art von Beziehungen und

Gefühlen wir mit unseren Mitmenschen aufbauen konnten. Wir konnten in Liebe leben, anderen helfen und jede Nation respektieren. Wir müssen alles lernen. Es gibt diejenigen, die so geboren sind, dass sie Gefühle, Gedanken und Wissen aus dem vorherigen Leben haben. Diese werden Menschen mit einer höheren Schwingungsebene genannt. Sie lehren andere. Sie helfen dir zu erwachen, um die Realität von dir selbst zu finden. Das wahre Wesen, das in dir ist. Lassen Sie sich offen für dieses höher bewusste Wesen auf einem höheren Wissensniveau, das immer in Ihnen gelebt hat. Das kam von den Höhen, um sich weiterzuentwickeln, um noch höher zu werden. Beschränken Sie Ihre Entwicklung nicht. Wir sehen Sie so oft, dass Sie sich auf viel mehr beschränken können, als Sie denken. Sie entwickeln Moral. Das ist sehr wichtig, man muss zusammen leben und sich entwickeln. Akzeptiert einander, kämpft nicht gegeneinander, weder Mann und Frau gegeneinander, noch ein Volk gegeneinander … Es ist deine gemeinsame Lebensaufgabe, dies jetzt zu lernen. Jetzt ist die Zeit dafür. Jeder lernt. Sie entwickeln sich technisch, Sie entwickeln sich in allen Bereichen, Sie entwickeln sich auch spirituell. Sehen Sie nur das Gute, tun Sie einfach das Gute.

Sie sehen, auf diese Weise wird alles besser, wenn Sie so testen.

12. Chance für eine neue Welt

Über Spiritualität und Selbstverwirklichung

Oft sehen wir, dass es für Sie schwierig ist, an sich selbst zu glauben und zu erkennen, was Sie erreichen wollen.

Wisse, dass du alle wundervolle Kreaturen bist und das Recht hast, in allen Dingen reichlich vorhanden zu sein, so viel du brauchst. Aber alles ist genug, damit niemand unter nichts leidet. Jeder hat die gleiche Chance, eine Lösung für ein besseres Leben zu finden, jeder bekommt die Gelegenheit, nur nicht jeder sieht es in der gegebenen Situation, weil er etwas anderes erwartet hat. Hier sollten wir nur unser Denken ändern.

Wenn Sie nicht zu einer gehen, dann gehen Sie zur anderen Version. Wir müssen unser Denken ändern, weil die Welt auf uns wartet. Wer kann nicht? Ich habe es immer geliebt, anderen Menschen zu helfen, damit ich anderen helfen kann, die Möglichkeit einer Veränderung zu erkennen. Finden Sie Ihren eigenen Weg.

Der einfachste Weg, unser Denken zu ändern, besteht darin, sich nicht zu erlauben, weiterhin der falschen, dysfunktionalen Denkweise zu folgen.

Die Autorin

Sofia Simon wurde 1981 in Budapest/Ungarn geboren. Nach dem Schulabschluss schlug sie ihren Werdegang in der Gesundheitsvorsorge ein. Sie ist derzeit freiberuflich tätig. Sie malt und zeichnet gerne. Die Inspiration für das Schreiben habe sie von Gott bekommen. Sie hat einen großen Sohn, der bei der Übersetzung der Bücher hilft.